COLLECTION

DES

POÈTES DE CHAMPAGNE

ANTÉRIEURS AU XVIe SIÈCLE.

COLLECTION DES POÈTES DE CHAMPAGNE ANTÉRIEURS AU XVIe SIÈCLE.

Cette collection se composera de 24 volumes in-8°, tirés à 300 exemplaires. — 18 sont en vente.

1er et 2e vol. — ŒUVRES DE GUILLAUME COQUILLART. — Reims, 1847.

3e ŒUVRES DE GUILLAUME DE MACHAULT. — Reims, 1849.

4e et 5e ŒUVRES INÉDITES D'EUSTACHE DESCHAMPS. — Reims, 1849.

6e LE ROMAN D'AUBERY LE BOURGOING. — Reims, 1850.

7e LE ROMAN DU CHEVALIER DE LA CHARRETTE, par *Chrestien*, de Troyes, et *Godefroy*, de Lagny. Reims, 1850

8e LES ŒUVRES DE PHILIPPE DE VITRY, évêque de Meaux. — Reims, 1850.

9e LES CHANSONNIERS DE CHAMPAGNE AUX XIIe ET XIIIe SIÈCLES. — Reims, 1850.

10e LE ROMAN DE GIRARD DE VIANE, par *Bertrand*, de Bar-sur-Aube. — Reims, 1850.

11e LES CHANSONS DE THIBAULT IV, COMTE DE CHAMPAGNE ET ROI DE NAVARRE. — Reims, 1851.

12e LE TORNOIEMENT DE L'ANTECHRIST, par *Huon*, de Méry. — Reims, 1851.

13e LES POÈTES DE CHAMPAGNE ANTÉRIEURS AU SIÈCLE DE FRANÇOIS Ier. — Reims, 1851.

14e et 15e RECHERCHES SUR L'HISTOIRE DU LANGAGE ET DU PATOIS DE CHAMPAGNE. — Reims, 1851.

16e LES ŒUVRES D'AGNÈS DE NAVARRE-CHAMPAGNE. — Reims, 1856.

17e LE ROMAN DE FOULQUE DE CANDIE, par *Herbert Leduc*, de Dammartin. — Reims, 1860.

18e LE ROMAN DES QUATRE FILS AYMON, PRINCES DES ARDENNES. — Reims, 1861.

Sous presse :

19e LES CHANSONS D'UN MÉNESTREL.

LE ROMAN

DES

QUATRE FILS AYMON

PRINCES DES ARDENNES.

REIMS.

1861.

A MESSIEURS

LES

Membres de la Société des Antiquaires de Picardie.

MESSIEURS ET CHERS COLLÈGUES,

Lorsque vous me fîtes l'honneur de me donner place parmi vous, quelques personnes, que je n'avais jamais vues, vous avaient rendu de mes modestes travaux un compte, bienveillant sans doute, mais exact. Avant de me tendre la main, vous n'avez demandé ni quelle était ma cocarde, ni quels étaient mes dieux. Ce sont choses qui ne se font pas partout.

Etrangers à tout esprit de parti, vous aimez ceux qui labourent honnêtement et de leur mieux le champ de la science, ceux qui parlent et écrivent sans espoir ni crainte, et vos suffrages ont couronné ma candidature. Recevez mes remerciements affectueux et sincères.

Ce que vous avez fait pour moi, je ne puis vous le rendre : vous constituez l'une des plus brillantes académies de France ; vos œuvres sont depuis longtemps appréciées de tous et partout ;

et moi, je ne suis rien, rien que l'auteur de quelques pages auxquelles vous avez bien voulu vous intéresser.

La pensée m'est venue de placer en tête d'un de mes volumes l'expression de ma reconnaissance envers vous.

J'avais cru qu'il me serait possible de faire mieux, et je voulais vous dédier une édition des anciens poètes de Picardie. Déjà j'avais commencé des études qui devaient en préparer le début; mais il m'a fallu m'arrêter, et maintenant je réserve mes forces pour la seule entreprise que, désormais, je prétende mettre à fin.

Permettez-moi donc de vous faire hommage du dix-huitième volume de ma *Collection des poètes de Champagne antérieurs au XVI*e *siècle.* Il renferme l'*histoire des quatre fils Aymon*, le plus populaire peut-être de nos vieux romans. Son auteur est-il picard, ardennais ou champenois? Dieu le sait; mais il est certainement un enfant de la langue d'oil; mais il a placé le théâtre des exploits qu'il a chantés au milieu de ces profondes forêts qui tant de fois servirent à votre province, ainsi qu'à la nôtre, de rempart contre les invasions des Barbares, contre celle de l'ambitieuse Allemagne; dans les sombres forêts des Ardennes, dont le nom réveille tant de souvenirs héroïques et mystérieux. Les fées (et pourquoi n'y aurait-il pas eu de fées ?) y ont bâti maint castel. C'est sur le sommet de leurs montagnes qu'elles filaient leur quenouille d'ivoire, en répétant leurs chansons mystiques; c'est dans les défilés de cette contrée sauvage, que les preux des anciens jours, les hommes d'armes de la France nouvelle ont cent fois versé leur sang pour la défense du pays.

Bouvines, Crécy, Azincourt, Denain, Rocroy, Valmy, ces illustres champs de bataille ne tiennent-ils pas tous de près ou de loin au sol ardennais ?

N'est-ce pas dans les provinces qui encadrent la Picardie et la Champagne que fut le berceau de la France, celui de notre langue nationale ? Aussi, des bords de la Somme aux bords de la Marne, gens d'armes et gens de lettres n'ont-ils cessé d'entretenir le feu sacré des lettres, le feu guerrier du patriotisme. Ces nobles traditions ont fait la gloire de nos provinces jusqu'au moment où la grand'ville que vous savez vint leur dire, ainsi qu'à leurs sœurs : La France, c'est moi.

Et depuis, Messieurs, vous avez relevé et tenu ferme et haute la bannière de votre province. Sans imiter ces littérateurs, qui se croient esprits forts parce qu'ils disent au pape Alexandre VI de cruelles vérités; — des génies indépendants, parce qu'ils insultent les ancêtres de princes proscrits ; — des cœurs patriotes, parce qu'ils exhument de notre vieille histoire les plus tristes pages et salissent à plaisir la mémoires de leurs pères, vous avez su recueillir et publier tout ce qui peut éclairer l'historien impartial et illustrer vos devanciers. Vous avez réveillé la vie des anciens jours, non pour les exalter aux dépens du présent, mais pour apprendre à nos contemporains qu'il est en arrière des exemples dignes d'eux, des traditions dont la civilisation moderne doit être fière à juste titre.

Ne cessez donc pas, mes chers Collègues, de restaurer ces monuments de votre patriotique histoire. Et moi, soldat sans nom de votre savante cohorte, je continuerai sans bruit à remettre en lumière les noms et les œuvres de nos ménestrels, de ces poëtes qui ont chanté nos pères et leur gloire. Je compte, comme toujours, sur votre bienveillance. Que la popularité du roman que je publie aujourd'hui sous votre patronage fasse connaître à tous la gratitude que m'inspire la place fraternelle que vous m'avez donnée !

Votre dévoué collègue,

PROSPER TARBÉ.

Ce 23 Mars 1861.

NOTICE

sur

LE ROMAN DES QUATRE FILS AYMON

PRINCES DES ARDENNES.

Parmi les nombreuses épopées dont le cycle carlovingien a donné le sujet, il en est deux qui n'ont point cessé de jouir d'une popularité sérieuse, mais non pas égale. L'une, inspirée par des faits trop réels, écrite primitivement peut-être en latin, peut-être en langue franque ou même encore en langue vulgaire, nous est conservée dans l'idiome français du XIIe et du XIIIe siècle. Longtemps elle a sommeillé dans les rayons des bibliothèques royales ou monastiques ; mais, de nos jours, elle a eu l'honneur d'être trois fois imprimée. Nous voulons parler de la *Chanson de Roncevaux*. Le grand désastre qu'elle rappelle, les noms illustres dans l'histoire de la chevalerie qu'elle met en relief, lui ont bien vite rendu la position qu'elle mérite dans la suite de nos légendes historiques. De nos jours, il n'est personne qui ne puisse, comme Taillefer, le belliqueux ménestrel de Guillaume le Conquérant, réciter les strophes de cette glorieuse et sanglante chanson ; personne qui ne puisse dire, avec le poète d'Altabriar :

« Et qu'avaient-ils fait dans nos montagnes, ces hommes du nord ? Pourquoi sont-ils venus troubler notre repos ? Quand Dieu fait les montagnes, c'est pour que les hommes ne les franchissent pas. — Mais les rochers, en roulant, tombent et écrasent les bataillons. Le sang ruisselle ; les chairs palpitent. Oh ! combien d'os broyés ! quelle mer de sang !

» Fuyez, fuyez ceux à qui il reste de la force et un cheval ! Fuis, roi Charlemagne, avec tes plumes noires et ta cape rouge ! Ton neveu, ton plus brave, ton chéri Roland est étendu mort là-bas....... La nuit, les aigles viendront manger ces chairs écrasées, et tous ces os blanchiront dans l'éternité (1) »

C'est que les grandes catastrophes laissent des souvenirs plus vivaces que les victoires; c'est que les jours heureux s'oublient et que les longues heures de l'infortune se gravent dans la mémoire des peuples en caractères ineffaçables ; c'est qu'une défaite dans la vie de l'invincible Charlemagne était un évènement plus grand, plus étrange que ses triomphes sans fin. La journée de Pavie est plus célèbre que celle de Marignan, et quand les siècles auront fui, quand d'autres victoires auront fait pâlir les journées d'Austerlitz et de Wagram, les générations futures prononceront encore avec tristesse et stupeur le nom de la Bérésina, le nom sanglant de Waterloo.

La seconde de nos chansons populaires est celle des *Quatre Fils Aymon.* Elle ne conserve la mémoire ni d'une victoire nationale, ni d'une défaite désastreuse ; les noms qu'elle fait vivre n'ont rien d'historique, et cependant ce poème a fièrement traversé les âges, et depuis six siecles, il n'a cessé d'amuser la jeunesse et de faire sourire l'âge mûr. Sa vie ne doit rien à l'érudition, à la renaissance du culte du Moyen-âge ; elle n'a jamais dormi dans le sommeil de l'oubli, et depuis Philippe-Auguste, l'histoire des *Quatre Fils Aymon* a fait partie active de la littérature nationale. D'où vient un succès si long et si rare dans l'histoire poétique d'un peuple ? A cette question il est facile de répondre.

D'abord le théâtre du poème est la forêt des Ardennes, la plus populaire et la plus mystérieuse de nos forêts. — Elle eut jadis ses jours de splendeur historique. Ce furent ceux pendant lesquels brillait l'étoile des Carlovingiens. C'est au milieu de ces profondes vallées, au pied de ces montagnes couvertes de noirs sapins, que naquit cette forte race, pendant deux siècles maîtresse des destinées de la France et d'une partie du vieux monde ; c'est là que furent élevés ces princes tour-à-tour si forts et si faibles, qui portèrent la couronne des empereurs ; c'est là que furent leurs domaines favoris, leurs fiefs patrimoniaux ; là s'élevèrent leurs châteaux cré-

(1) *Chanson d'Altabriar.* — E. de Montglave. *Journal de l'Institut historique*, t. I, p. 176.

nelés, souvent construits sur les ruines des forteresses et des villes romaines. Toujours ils passaient les mois d'automne dans les Ardennes, et le premier acte solennel de leur règne était une chasse officielle dans leurs sombres forêts. Nul n'y chassait, s'il n'était petit-fils de Pépin de Landen. Plus tard, les Capétiens mirent la cour dans l'Ile-de-France. Les forêts de Rouvres, de Compiègne, de Fontainebleau furent alors en honneur, et les Ardennes eurent le sort des vaincus : elles tombèrent dans l'oubli ; les castels carlovingiens furent négligés ; le lierre et la ronce envahirent leurs tours ruinées ; routes et chemins devinrent lits à torrents et clairières épineuses. Ce pittoresque pays ne tarda pas à devenir une haie impénétrable, un mur de bois entre la France royale et l'empire. Lorsqu'en 1388, Charles VI voulut guerroyer contre le duc de Gueldre et traverser les Ardennes, il s'engagea dans des lieux où, comme le dit Froissart, de mémoire d'homme, homme d'armes n'avait chevauché. Ce n'étaient plus que bois, rocs et marais. Les Ardennes de Pépin et de Charlemagne n'offraient plus à l'œil effrayé qu'une forêt noire, un désert inconnu, un chaos de rochers et de chênes séculaires. Aussi se prêtaient-elles merveilleusement aux récits fantastiques des romanciers. Les aventures les plus étranges y paraissaient naturelles. Les Ardennes étaient à l'orient ce qu'à l'occident était la forêt de Brocéliande. Les fées s'y faisaient voir, et partout on montrait leurs grottes, les clairières où elles dansaient à minuit, les châteaux qu'elles avaient fondés. De là, pour le *Roman des quatre Fils Aymon*, une première cause de popularité.

Nous en trouvons une autre dans les sympathies qu'inspire à tous les hommes la lutte de la faiblesse contre la force. On sourit avec un malin plaisir à voir l'empereur des Francs, le fort roi Charlemagne, le vainqueur de l'Europe, tenu en échec par quatre pauvres aventuriers, mystifié par un chevalier errant et, il faut en convenir, trop enclin aux mauvaises plaisanteries. On sourit en voyant un intelligent quadrupède, un cheval ardennais, le spirituel Bayard, se jouer impunément des aigles de l'empire. Roncevaux est l'épopée sanglante du cycle carlovingien : le *Roman des quatre Fils Aymon* en est le poëme riant. L'un est la tragédie, l'autre est la comédie de l'impériale épopée. Les quatre fils Aymon eussent été princes ou rois, généraux à la tête de grandes armées, on les eût oubliés ; isolés et pauvres, mais adroits et braves, ils ont intéressé les faibles et les indigents, les opprimés, les malheureux, tous ceux qui luttent contre la vie et ses rigueurs, en un mot, la foule, le peuple. Ils sont restés populaires, parce que leur histoire est celle de tous ceux qui luttent contre la force brutale, la puissance inflexible des lois fatales. Ils succombent comme tous ceux qui bravent les destinées sociales; mais ils ont toute la gloire des vaincus qui tombent parce que le destin le veut. Ils ne se rendent pas, ils meurent ou vont chercher aux pieds des autels la paix et la liberté.

La popularité des quatre fils Aymon fut exploitée par la presse. Dès sa naissance et depuis, elle n'a cessé de répéter dans toutes les langues leur amusante histoire.

De nos jours, l'archéologie littéraire s'en est emparée; à son tour, elle leur a consacré ses études, ses recherches, et ils lui ont donné des lecteurs.

La vieille Angleterre, au XVe siècle encore la joyeuse Angleterre, n'a pas méprisé cette légende française : elle l'a faite sienne. Shakespeare en a tiré parti. Le savant Dibdin, dans ses *Antiquités typographiques*, vol. III, p. 137, s'en est occupé.

En Italie, Pannizzi, dans son *Essai sur les récits romantiques* a traité de l'épopée des Ardennes. Melzi, dans ses *Recherches sur les romans de chevalerie*, ne pouvait oublier le berceau du poétique Renaud de Montauban.

L'Allemagne, la rêveuse Allemagne, aime les contes et les féeries. La légende des quatre fils Aymon rentrait dans son poétique domaine, et sa vieille littérature en a su tirer un brillant parti. Les noms de nos héros sont légèrement altérés par les plumes germaniques, mais on les retrouve sans peine. Outre Rhin, Renaud devient Reinold ; Allard, Adelhard ; Richard, Ritsard, et Guichard, Writsard.— Becker et Onzeiger ont publié quelques vers de la leçon française, et le docteur Georges Reed Gracke, dans ses *Etudes littéraires*, parle en détail des célèbres fils d'Aymon (Dresde et Leipsick, 1842, t. VII, p. 326 à 334). — Il est vrai que l'hommage rendu par la Germanie à cette chanson n'est pas purement désintéressé; elle a des prétentions sur les derniers jours de Bayard ; elle montre, à Cologne, les reliques de Renaud de Montauban, dont on a fait un saint. Il est vrai que Bolland (*Act. sanct.*, Janvier, t. I, p. 386) proteste contre cette audacieuse légende et la met au rang des fables.

La Belgique est loin d'être indifférente à la paternité de notre roman, et M. de Ruffenberg, dans la savante notice qu'il a mise en tête de son édition de la *Chronique de Philippe Mouske* (2 vol. in-4° ou in-18, Liége, 1848), a recueilli d'une manière complète les traditions belges relatives à l'histoire des quatre fils Aymon.

La France moderne n'a pas oublié les aventuriers des Ardennes, les intrépides adversaires du grand Karle. Henry Martin en dit un mot dans son *Coup d'œil sur la littérature nationale au XIIIe siècle;* MM. Michelet, Nisard ont traité ce récit à des points de vue divers; Georges Sand n'a pas dédaigné de le lire, et en 1860, M. Arthur Ponroy vient encore d'en faire le thème d'un roman-feuilleton (*Gazette de France*, Février-Mai).

Les continuateurs de l'*Histoire littéraire de la France* consacrent deux articles à notre populaire épopée. Le premier se trouve dans le tome XVI. Il n'hésite pas à désigner Huon de Villeneuve comme son auteur. Ce trouvère est contemporain de Philippe-Auguste; quelques passages de ses œuvres le font supposer. Sa patrie n'est pas connue. La France renferme vingt-cinq à trente communes du nom de Villeneuve; sept ou huit appartiennent à la Champagne: c'est une belle proportion, sans doute; mais elle ne peut suffire pour faire d'Huon de Villeneuve un de nos compatriotes. Son œuvre seule est champenoise par son sujet, par son théâtre. Mais Huon est-il l'auteur certain de notre poème?

Le président Fauchet (1) possédait un manuscrit renfermant, disait-on, les œuvres d'Huon de Villeneuve. En fait, l'une des chansons qu'il contenait, celle de Renaud de

(1) *Orig. de la poésie française*, p. 562.

Montauban, présentait, à son début, le nom de ce trouvère. Voici ce passage :

Gardez qu'il n'i ait noise, ne tabor, ne criée.
Il est ensine coustume en la vostre contrée :
Quand un chanterra vient entre gent honorée,
Il a endreit soi sa vielle attemprée ;
Ja tant n'aura mantel, ne cotte desramée,
Que la première laisse, ne soit bien escoutée.
Puis font chanter avant, se de riens lor agrée,
Et tost sans vilenie poit receillir s'estrée.
Je vos en dirai d'une, qui molt est honorée :
El royaume de France n'a nulle si loée.
Huon de Villenoeuve l'a molt estroit gardée.
N'en vol prendre cheval ne la mule afeltrée;
Péliçon vair ne gris, mantel, chape forée,
Ne de buens parisis une grant trempée :
Or en ait-il maulgrés qu'elle li est emblée,
Une molt riche pièce vos en ai aportée.

Comme on le voit, ce passage n'a rien de bien concluant. Cependant, on ne peut refuser à Huon une part quelconque dans les 28,000 vers de cette longue épopée. Mais quelle est la mesure réelle de sa collaboration ? A-t-il inventé le poème ? l'a-t-il allongé ? l'a-t-il remanié ? possédons-nous l'une de ses leçons ? Nul ne le sait. Ce passage est le seul où son nom se trouve : il compose toute sa biographie.

Enfin, l'*Histoire littéraire de la France*, dans son tome XXIIe, consacre à notre roman un très-long article auquel nous renvoyons le lecteur, si le nôtre ne lui suffit pas.

Quel que soit son auteur, le *Roman des quatre Fils Aymon* se lie par ses acteurs à tous les romans du cycle carlovingien; mais il n'a réellement rien d'historique, ou du moins les faits auxquels il peut faire allusion se sont perdus dans la mémoire des hommes. Charlemagne établit comte d'Alby un seigneur nommé Hayme ou Haymon, mais il n'a rien de commun avec Aymon de Dordon ou de Dordonne, duc des Ardennes, frère de Girard de Roussillon, père de nos quatre héros.

A quelle époque remonte cette curieuse légende? On l'ignore. Les plus anciens textes sont-ils des originaux ou de simples remaniements ? Ceux que nous possédons ne remontent pas au-delà du règne de Philippe-Auguste.

Cette longue histoire se compose de diverses chansons écrites probablement par des trouvères différents de race et inspirés par des intérêts divers : les voyages des quatre fils Aymon en sont la preuve. Il en est de même du lieu où meurt le cheval Bayard : tantôt il est jeté dans le Rhin, tantôt dans la Meuse, suivant le lieu où chante le ménestrel.

La légende ardennaise est l'idée primitive. La légende du midi, les voyages à Constantinople, la canonisation de Renaud ne sont que des exploitations d'un sujet populaire.

La bibliothèque de la rue Richelieu possède deux manuscrits de cette chanson. L'un, in-folio, provient du fonds La Vallière, n° 39 ; il renferme 20,000 vers environ, écrits sur trois colonnes. — L'autre manuscrit est illustré de quelques miniatures ; il porte le n° 7183, et contient 28,000 vers. Il est vrai qu'il donne de plus que l'autre la *Chanson de Maugis d'Aigremont*, branche ajoutée plus tard au tronc primitif.

Au commencement du XVe siècle, la chanson des quatre fils Aymon fut remaniée. Ce travail, dont la Bibliothèque nationale possède le manuscrit, n'a pas moins de 28,000 vers. L'auteur a brodé plutôt que traduit la version primitive.

Au XVe siècle encore, ce récit fut mis en prose, et la bibliothèque de l'Arsenal possède cette version, qui paraît faite pour la cour de Bourgogne. Cette translation est celle que l'on attribue à Guy Bonnay et à Jean le Cœur, seigneur de Nailly. Elle fut maintes fois imprimée dans le XVIe siècle.

Mais la bibliothèque de l'Arsenal, sous le numéro 243, contient un manuscrit renfermant une autre traduction en prose du poème original de la chanson du XIIIe siècle. C'est celle qu'ont reproduite les éditeurs de la Bibliothèque-Bleue et tous leurs imitateurs.

On ferait un volume, si l'on voulait écrire l'histoire bibliographique du *Roman des quatre Fils Aymon*. Il a été imprimé dès le XVe siècle (1493, 1495, 1497) ; il a été traduit, imité dans toutes les langues de la vieille Europe.

Renaud et son épée Flamberge, Bayard, Maugis, Allard, Richard et Guichard sont les héros de cent romans, dont quelques-uns, tels que ceux de l'Arioste et du Bérardo sont immortels. Un succès si général, si vivace, est à lui seul l'éloge d'une épopée française d'origine, nationale par son sujet.

Nous ferons l'analyse du roman, pour rester fidèle au plan général de notre publication ; mais nous la ferons courte, pour ne pas fatiguer le lecteur, auquel nous n'apprendrons rien.

Au début, Charlemagne tient cour pléniere : tous les preux s'y présentent, et avec eux Aymon de Dordon, duc des Ardennes, et ses quatre fils Renaud, Allard, Guichard et Richard. Aymon est le frère de Beuves d'Aigremont; mais celui-ci n'est pas venu trouver Charles comme les autres vassaux de la couronne. L'empereur l'accuse de félonie, ainsi que son fils Maugis ; il déclare qu'il les fera pendre...

Le sage Naymes de Baviere propose au préalable de lui envoyer un ambassadeur le prévenir de l'accusation qui pèse sur lui.

Charles se rend à cet avis, et se décide à confier cette mission à Enguerrand, son neveu, qui est tué, puis à son fils Lohier.

Celui-ci se met en route. De sinistres pressentiments entourent son départ. L'ambassade se termine d'une manière fatale : une querelle des plus vives s'engage, Beuves frappe l'ambassadeur d'un coup mortel.

Charlemagne jure de se venger et marche contre le meurtrier de son envoyé. Aymon et ses quatre fils ont pris parti pour leur oncle. La guerre s'engage. Après de nombreux évènements d'épée, Beuves est tué par le traître Guenelon. Son fils Maugis, à son tour, jure de venger la mort de son père; il compte sur l'aide des quatre fils Aymon, ses fidèles cousins.

Charlemagne explique au duc des Ardennes qu'il n'est pour rien dans le meurtre de Beuves, et l'invite à rester à sa cour. Les quatre fils y reviennent et assistent aux fêtes impériales. Renaud, cependant, songe à l'assassinat de Beuves, lorsque Berthelais, neveu de l'empereur, lui propose une partie d'échecs. En jouant, on cause; la conversation s'échauffe; bientôt la discussion devint une querelle : Renaud en profite pour tuer Berthelais d'un coup d'échiquier.

Tumulte, désordre et combat. A la fin, les quatre frères, Maugis et le cheval Bayard s'évadent et parviennent dans les Ardennes.

C'est là que commence le véritable roman ardennais; ce qui précède est le fond de tous les romans du cycle carlovingien; ce qui suit est une création, un thème qui, plus tard, inspirera cent trouvères. Les fils Aymon, Maugis et Bayard deviennent des types que la poésie n'oubliera plus.

La duchesse des Ardennes ouvre ses bras affectueux à ses fils, mais elle les engage à fuir. Elle leur donne des conseils et des secours.

Les jeunes guerriers se réfugient dans leurs montagnes; ils bâtissent sur des rochers inaccessibles le château de Montoisor ou de Montfort. Charles les poursuit, et fait jurer à leur père qu'il les lui livrera pieds et poings liés, s'ils tombent entre ses mains. Le malheureux Aymon pleure son serment; sa femme le lui reproche.

Charlemagne le force à marcher avec lui contre ses enfants. — Siége de Montfort. — Les quatre frères et leur cousin Maugis se défendent avec un courage opiniâtre. Charlemagne s'indigne des longueurs du siége; mais un incendie se déclare dans le château et détruit les munitions des assiégés.

Après sept ans de résistance héroïque, Renaud et ses frères évacuent la place. Leur père les poursuit, mais ils lui échappent et se cachent dans les profondeurs des Ardennes.

Ils mènent dans nos forêts la vie la plus aventureuse et la plus misérable. Ils viennent enfin demander à leur vieille mère un asile et du pain ; puis ils quittent leur patrie, pour aller chercher dans le midi de la France des moyens d'exister plus honorables et moins précaires.

C'est ici que finit la première partie du roman, celle que nous publions. Elle est l'idée première du poème, la seule qui soit originale et vraiment champenoise. Ce qui suit n'est qu'un écho du premier motif, et les épisodes qui nous restent à résumer se passent dans le midi, et, par suite, n'intéressent plus les Ardennes.

Yvon, roi de Gascogne, donne des terres à Renaud et à ses frères : ils y bâtissent le château de Montauban.

Charlemagne va mettre le siége devant la nouvelle retraite de ses énergiques ennemis. Les quatre freres font des exploits, Maugis et Bayard des tours d'adresse. Le siége se perpétue. Enfin, les fils d'Aymon, à Montauban comme à Montfort, sortent furtivement de la place et se retirent au domaine paternel de Dordon. La guerre change de théâtre. Enfin, le grand empereur pardonne aux fils d'Aymon, mais il est sans pitié pour le pauvre Bayard : on attache une pierre au col de l'intrépide cheval, et on le précipite dans la Meuse. Mais l'intelligent animal se débarrasse du poids qui l'entraîne, s'élance du fond des eaux et disparaît dans les Ardennes, où il vit toujours, car il est fée.

Renaud et Maugis partent pour la Palestine. Là, de nouvelles aventures mettent leur courage à l'épreuve. A leur retour, Maugis se fait ermite et meurt en saint homme, Renaud partage ses domaines entre ses fils Aymonnet et Yvonnet, revêt la robe de pèlerin et part pour un long voyage. En arrivant à Cologne, il travaille à la construction de la cathédrale. Les maçons, par jalousie, le tuent et jettent son corps dans le Rhin. Ses reliques furent recueillies et conservées dans le trésor de la sainte basilique. Leur contact rend l'ouïe aux sourds, la parole aux muets et la vue aux aveugles. Ainsi finit l'histoire des quatre fils Aymon.

Telle est, en deux mots, cette suite d'aventures aussi célèbres que celles de don Quichotte de la Manche, aussi populaires que celles de don Gil-Blas de Santillane. La vieille Europe les sait par cœur. Dans la jeune Amérique, aux bords de la Delaware, sur les rives du lac Ontorio, on rencontre déjà l'enseigne connue des *quatre fils Aymon*, Bayard portant ses quatre cavaliers.

En 1859, je me trouvais à Marseille. Les mauvais temps étaient venus et retenaient au port des vaisseaux destinés à conduire en Algérie quelques familles d'émigrants. L'une d'elles habitait le même hôtel que moi, et bientot nous fimes connaissance.

—De quel pays êtes-vous ? dis-je, un soir, a un enfant d'une douzaine d'années, aux yeux noirs, à la brune chevelure.

—Du pays des quatre fils Aymon.

— Vous connaissez donc leur histoire ?

— Oui, Monsieur.

— Et vous pourriez la raconter ?

— Sans doute.

Et de suite, sans se faire prier, le jeune Ardennais commença, au milieu d'un cercle où vinrent rapidement prendre place tous les habitants de l'hôtel, la merveilleuse histoire inventée peut-être par Huon de Villeneuve. Le jeune narrateur n'oublia ni les pompes de la cour impériale, ni la terrible partie d'échecs qui fait encore frémir les habitués du café de la Régence, ni les hauts faits de dame Flamberge, ni Bayard se déguisant en cheval de meunier et vainqueur sur le turf, ni Maugis volant les diamants de la couronne, ni les ridicules dépits de Charlemagne, toujours mystifié, ni la misérable vengeance du grand empereur contre le cheval qu'il n'avait pu vaincre, et qu'il se fait traîtreusement livrer.

— Heureusement, ajouta l'enfant, Bayard était fée. Charlemagne n'a pas pu le noyer, et maintenant encore, tous les ans, le jour de la Saint-Jean, à l'heure de minuit, il court dans nos montagnes ; ses hennissements imitent tantôt le son du cor, tantot la voix de l'homme ; ses pieds brûlent tout ce qu'ils touchent, et les traces de son passage restent imprimées sur le sol.

— Mais ce sont des contes bleus, fit un commis-voyageur. Si l'on veut faire lire des romans à la jeunesse, qu'on lui donne les ***Mystères de Paris, Monte-Christo*** : voilà des romans de mœurs vraies, des études profondes et historiques; voilà la littérature du progrès. Mais l'***Histoire des quatre Fils Aymon***, fi donc! c'est bon pour des esprits en retard sur la marche du siecle.

— Permettez, Monsieur, dit le pere du jeune Ardennais, ex-instituteur dans sa commune. Je vous concède que ce vieux poème, dans son ensemble, est une fable épique; mais j'ai voulu quelquefois en étudier les détails, et je me suis convaincu que, si le fond n'est pas sérieux, les épisodes en sont souvent historiques. D'abord, il est impossible de ne pas y voir la lutte rétrograde de la féodalité rebelle contre la monarchie unitaire; ensuite on y reconnait les châtelains vivant de rapine et expiant sous la robe du moine les fautes et les exces de leur jeunesse. Songez donc que, sous ces deux points de vue, notre roman est l'histoire de France pendant quatre siecles. Roland a, certainement, existé. Pourquoi Renaud et Maugis seraient-ils des êtres purement imaginaires? Leur histoire est partout et de tous côtés dans notre pays; leur nom se rattache à des rochers, à des ruines qui seraient oubliés sans eux. — Il est vrai que, suivant les leçons, les noms de lieux changent; mais il est facile de deviner les motifs de cette altération. Les troubadours pouvaient-ils intéresser les châtelains de Provence et d'Aquitaine avec des faits d'armes passés dans le nord? De là l'invention du siége de Montauban. Mais dans le midi de la France, la légende des quatre fils Aymon est morte depuis des siècles. Le château de Montauban, dont les poètes italiens ont immortalisé le nom, ne se trouve nulle part; il en est de même de Dordon ou Dordogne: on ne le voit ni sur les bords de la Dordogne, ni dans le Languedoc, ni dans le centre de la France. On a voulu, dans Dordon, voir Dourdon, et des savants ont même fait de Dourdon une ville de Brie. C'est une double erreur. A trois lieues de Charleville, non loin des bords de la Meuse, au sommet d'une montagne escarpée, aux pieds de laquelle coule un torrent nommé le Woiru, s'élèvent encore les ruines d'un antique château : il est situé commune de Montcy-Notre-Dame et passe pour être l'œuvre des fées. Il se nomme Waridon. C'est là que nous placerons le château d'Oridon, célebre dans le ***Roman d'Aubery le Bourgoing***, et celui de Dordon, séjour d'Aymon. Il serait étrange que le duc des Ardennes ait eu son château dans le Gatinais ou même en Brie. Waridon, Oridon, Dordon, sans trop d'efforts, forment un même nom. C'est sur les bords de la Meuse que vit et vivra toujours la mémoire des quatre frères. Si quelques rapsodes ont substitué au nom de Dordon ceux de Trémoigne, Trémogne ou Dormont; s'ils ont précipité Bayard dans le Rhin, c'est pour flatter les grafs, burggrafs, rheingrafs, markgrafs de leur temps. — Maintenant je vous avoue que la Belgique et la France, possédant chacune une partie des Ardennes, ont chacune des prétentions à posséder le théâtre où s'illustrèrent les quatre fils d'Aymon. Les gens du pays de Liége et de Namur font voir au voyageur, sur les bords de l'Ourte, le Reinent-Steen ou Reinat-Stein, château prétendu de Renaud; celui de Poulseur, séjour de Maugis; sur le roc d'Amblève sont des ruines auxquelles on donne la même origine; il n'est pas jusqu'à Bayard qui n'ait son château près d'Huy. Tout cela prouve que les Ardennais belges, qui, jadis, n'ont fait qu'un avec ceux de France, n'ont pas oublié les traditions de la vieille patrie. Il en est de même chez les Ardennais de France. Près de Charleville est le village de Château-Renaud. Je n'ai pas besoin de vous dire d'où vient son nom. Malherbe, en 1615, le visitait, et dans une de ses lettres à Peiresc, il disait y avoir vu la tour de Maugis et l'étable de Bayard. Sur le sommet de la montagne sont encore quelques ruines et quatre fragments de roc nommés les *Quatre-Fils-Aymon.* Sur la pente est une masse de pierre longue et large, appelée la *Table-de-Maugis*. Nous avons encore, du même côté, les communes d'Aspremont et d'Aiglemont : pourquoi ne pas y voir le nom primitif du castel de Maugis d'Aigremont. Enfin, et surtout, nous possédons le Waridon et ses ruines. Je sais bien qu'on attribue sa fondation à François d'Aspremont, seigneur de Busancy et de Montcy-Notre-Dame : mais n'a-t-il pas simplement relevé le vieux château d'Oridon, d'Ordon ou de Dordon ? et, dans ce cas, ce serait en France que se trouverait le vrai berceau des quatre frères.

— Très-bien, fit le commis voyageur progressif ; mais tout cela ne prouve pas que le retour annuel de Bayard ne soit un conte indigne de notre époque de civilisation.

— Permettez, dit alors un assistant, qui, jusqu'alors, avait gardé le silence. C'était un vieillard aux cheveux blancs, à la moustache grise; une cicatrice sillonnait son front ridé par les ans et le travail. Permettez-moi de vous dire, Monsieur, que le retour de Bayard n'est pas un rêve : moi, qui vous parle, je l'ai vu.

— Contez-nous donc cela, s'écrierent vingt voix.

— Volontiers, reprit le vieillard. C'était en 1815 : la frontiere des Ardennes etait le théâtre de la guerre. Les étrangers, d'abord battus à Ligny, le 16 Juin, avaient reculé sur le territoire belge. — Deux jours apres, l'empereur était, à son tour, vaincu dans la plaine de Waterloo. J'avais alors dix-sept ans, et j'avais pris le mousquet pour défendre le sol national. La guerre! j'aimais cela ; la preuve, c'est que, deux ans apres, en 1817, je servais dans la garde. Les volontaires des Ardennes avaient d'abord marché vers Charlemont, puis ils s'etaient échelonnés derrière la rive droite de la Meuse, depuis Givet jusqu'à Fumay. Et nous passions les jours et les nuits à échanger des coups de fusil avec les éclaireurs prussiens. Leurs cavaliers passaient parfois les gués, et nous avions grand'peine à les refouler. Enfin, l'armée française battit définitivement en retraite, et nous aussi, nous nous repliâmes sur Monthermé, dans le triangle fermé par la Semoys et la Meuse. Le 24 Juin, jour de la Saint-Jean, il nous fallut encore reculer vers Charleville. En passant par Château-Renaud, nous vîmes les rocs et les ruines que nous nommons les *Quatre-Fils-Aymon*. Ils semblaient nous regarder. — Ah! disions-nous, si ces braves gens d'armes là étaient avec nous, les Prussiens auraient à qui parler. Le soir, nous arrivâmes à Montcy-Notre-Dame, près du Waridon. Harassés de fatigue, nous fîmes halte pour y passer la nuit. La douzième heure allait sonner. Nos hommes dormaient. Moi, j'étais de faction. Je regardais, j'écoutais. Tout-à-coup, dans le lointain, sur le sommet du Waridon, j'entends un roulement sourd. La terre tremblait. Le bruit devient plus dictinct : c'est le pas régulier d'un cheval qui court au galop. Sous ses pieds, les cailloux se brisent ou roulent avec fracas. — Ma foi ! je l'avoue, la peur me prit. Je n'aurais pas craint les Prussiens. Mais il ne s'agissait pas d'un hulan : c'était le cheval de Maugis, le cheval des quatre fils Aymon, le cheval enchanté ; c'était Bayard, le cheval de feu. Bientôt, le rapide animal passa devant moi comme un éclair, illuminant le vallon, le torrent, la montagne et ses ruines Il courait sur les rochers qui formaient la lisière du torrent. Les pierres volaient derrière lui, tombaient dans l'eau ou se broyaient.

Bayard, de ses narines, de ses sabots, lançait feux et flammes ; il hennissait et ricanait avec fureur, et j'entendis nettement le nom de Charlemagne. Les échos du Waridon répétaient : Charlemagne ! Charlemagne ! sur un ton insolent et moqueur.

— C'est bien cela, dit un nouvel interlocuteur... Roncevaux et le Mont-Saint-Jean ! Napoléon et Charlemagne ! Blucher et un cheval.

— Il est fâcheux, reprit l'apôtre du progrès, que vous partiez pour l'Algérie : vous ne verrez plus toutes ces belles choses, mon bon homme.

—Non, je ne les verrai plus, répondit le vieux soldat. L'âge et le travail ont usé mes forces. Le malheur me chasse de France, et je ne verrai plus le toit sous lequel est morte ma mère bien-aimée, le bercelet où ma fille chérie, un ange du bon Dieu, a dormi de son dernier sommeil. Je ne verrai plus l'église où je priais le Seigneur, ni les lieux où, jeune, j'ai connu les douces joies de la vie. Vertes vallées des Ardennes, rudes montagnes, sombres ravins et fraîches cascades, vous tous, lieux sacrés qui me vîtes heureux, plein de confiance dans l'avenir, au milieu desquels mon cœur a tant de fois battu libre, plein de force et de vie, non, je ne vous verrai plus. Et vous, Monsieur, vous que mon récit a fait rire, vous êtes jeune encore. Soyez heureux! soyez le toujours et longtemps ! Et quand votre dernière heure viendra, qu'elle vous trouve dans votre patrie, sous le toit de vos pères, entouré de ceux qui vous aiment ! C'est la prière que fait au ciel pour vous le bonhomme ardennais.

Le cercle se rompit. Je serrai la main du vieux soldat, et le lendemain, il partit pour l'Afrique !

Et moi, je me disais : Qu'est-ce que la patrie, si ce n'est le pays et sa tradition ?

Le *Roman des quatre Fils Aymon* est l'histoire héroïque des Ardennes ; de plus, c'est l'histoire de tous les vaincus, de ceux qui regardent en face sans pâlir le danger et le malheur.

Il est d'autres cordes du cœur humain que cette antique légende sait faire tressaillir ; elle émeut des sentiments que comprennent rarement les romans de chevalerie. L'amour n'y joue pas de rôle ; mais les affections de la famille y sont largement mises en relief. Rien de plus touchant que la tendresse de la duchesse des Ardennes pour ses fils poursuivis et malheureux ; rien de plus inébranlable que l'amitié des quatre frères. Au milieu des combats et des féeries, la voix du sang ne cesse de se faire entendre. Rien n'y étouffe l'affection de la pauvre mère, rien n'y refroidit le dévouement de ces frères aussi braves qu'unis. C'est que chez les montagnards des Ardennes, courage et cœur ne font qu'un ; c'est que, chez eux, la charité du prêtre égale la bravoure du soldat ; c'est que, dans cette âpre contrée, le corps s'endurcit au labeur et l'âme s'affermit dans le devoir ; c'est que, sur cette terre de rochers, sous ce ciel orageux, dans ces vastes et sombres forêts, il est toujours des fils pour la religion et la patrie. En 1348, quand l'Anglais vint assiéger Reims, les gens des Ardennes vinrent s'opposer au sacre du prince étranger. Quand Charles-Quint attaqua Mézières, les Ardennais et Bayard repoussèrent les aigles impériales, comme ils l'avaient fait dans les champs de Bouvines ; et quand la Prusse, deux siècles plus tard, envahit leurs forêts, ils surent encore défendre leurs défilés ou périr en combattant. Dans cette belliqueuse contrée, tout est histoire et glorieuse histoire. Les ruines et les champs de bataille se rencontrent de tous côtés. Les récits, les légendes s'y transmettent de générations en générations. Aux Ardennes est le berceau des Carlovingiens ; aux Ardennes est le théâtre de nos luttes contre l'étranger. L'Ardennais le sait, et en garde mémoire. Le parti vraiment national est celui qui n'oublie rien.

PROSPER TARBÉ.

LE ROMAN

DES

QUATRE FILS AYMON

PRINCES DES ARDENNES.

LE ROMAN

DES

QUATRE FILS AYMON

PRINCES DES ARDENNES.

Signor, oiés chancon de grant nobilité !
Toute et de voire estoire, sans point de fauseté.
Jamais n'orrés si bonne en trestout vostre aé.
Ce fu à Pentecoste, à .I. jor honoré,
Que Charles tint sa court à Paris sa cité.
Tuit i furent venu li prince et li chasé.
Maint chevaliers i ot, que li rois ot mandé ;
XX. archeveske furent et bien .CC. abé.
Girars de Rossillon cil fu à cort alés,
Et Aymes de Dordon, li vasaus alosés,
Ki .IIII. fuix avoit de grant nobilité.
Li dus si vint à cort ovec l'autre barné.
Mais Doons de Nantueil, qui ot le poil meslé,
Cil n'i daigna venir par sa grant cruelté ;
Car Charles l'emperère l'avoit cueilli en hé ;
Ne li dus d'Aigremont, qui tant avoit bonté.
Li barnages fu grans, qui là fu aüné.
Onques mais itel coust l'emperère membré
Ne mist à cort, n'à fete cou le jor amené.
Li baron se déduient el palais principé ,
Et jeuent as eschés li vasal aduré.
Grant joie et grant déduit ont el palais mené,
Mais apreis le déduit furent il tot iré ;
Car Charles l'emperes, ki tant avoit bonté ,

Monta el faudesteuil, k'il n'i ot demoré ,
Et tenoit .I. verge en haut avoit plé.
La noise fait laisier ens el palais listé.
— « Baron, dist Karlemaine, or oiés mon pensé :
Tante vile est conquise et tante fermeté ,
Et tant chastel brisié et tant bon borg gasté ;
Le païs ai conquis environ et en lé ,
Et tant chevalier mort à mon branc aceré :
De si as ports d'Espaigne ai-je tout acquité :
Tuit me servent, li prince, li duc, et li chasé ;
Esveske et archeveske sunt à moi acliné ;
De par toute la terre d'environ et de lé
Si viennent en bataille quant il i sont mandé.
A trestot lor effors sans point de fausseté :
Ne mais Bues d'Aigremont ò le grenon meslé ,
Qui, por l'amor Doon, m'a si cueilli en hé ,
Ne me daigne servir, ce est la vérité ;
Por ce que le chassé en Puille le reigné ,
Là l'alai je requerre; ni pot estre trové.
Mais par icel apostre, qu'on quiert en nostre pré,
Hui manderai mon ost : semonray mon barné.
Aigremont asserai : ja n'estra testorné,
Le chastel abbattrai, destruirai la cité ;
Et sé je le puis prendre, il sera vergondé.
Ja n'aura le garant home de mère né ,
Tant li soit en aïe, qu'il ne soit afolé ! »
— « Sire, ce a dist Aymes, or avés vous juré.
Gardés vo seirement ne soient trespassé :
Bien li puet Dex aidier li rois de maiesté.
Sé de vos mains le gart, par la sine bonté ! »

— « Baron, dist Karlemaine, par mon grenon
[ferrant ,
Je vous dirai à tous ce que j'ai en talant !
Je manderai mes homes orendroit, maintenant,

N'i lairai à semonre, Poitevin ne Normant ;
Flament et Braibençon venront esperonant,
Engevin et Breton, Berruier ensémant,
Et François et Lombart de la terre vaillant,
Le comant à mes homes, ki ci sont en présant,
Que lor pooir m'amainent assés prochainement,
Ceus ki pourront sofrir et paines et haan.
Aigremont asserraî, la fort cité vaillant ;
Abatrai le chastel et la tor reluisant.
Puis que li dus ne veut faire tot mon commant,
Et par icel apostre, que quièrent pénéant,
Sé je le puis tenir à mon comandemant,
En haut sera pendus, sens nul atargement :
Mar nu aura laisié issi vilainement
Por l'amor de Doon o le grenon ferrant,
Que chaitif fis fuir en Puille le vaillant. »
— « Sire, ce a dit Aymes, or li soit Dex aidant !
Mais sachiés, emperere, et si vous en di tant,
Ains k'aiés Aigremont, ne la tor qui resplant,
Ne que faciés del duc auques vostre talant,
I aurés vos perdu tant de la vostre gent,
Que nel' sauroit à dire nus hom qui soit vivant,
Et vos meismes, vos en esterés dolant.
Li dus n'est mie homes à fuir maintenant :
Ains est bons chevaliers, hardi et combatant,
Et a de bons amis............,
Ki bien li aideront à son besoing plus grant. »
Et l'ayant oï Karles, si en ot maltalant ;
Si mua et rogi com charbons flamboiant,
Et a parlé en haut, que l'oïrent .VII. cent.
— « Par icel saint apostre, que kièrent pénéant !
Il n'i a nul de vous de si grant tenement,
Sé il aidoit au duc la monte d'un besant,
Qu'il ne fust pendus sens nul délaiement ;
Aymes alés vos ent sans nul atargement :

Je saisirai vo terre et vostre chassement. »
Et li dus li respont : — « Donc ira malement! »
Lors se parti de cort sens nul détriement :
Avec lui s'en alèrent .IIII.m. et VII. cent.
Quant le vit l'emperères, s'en ot le cuer dolant.
Naimelon en apela, qui tant parfu sachant :
— « Sire, conseillies moi, por Deu le roi amant! »
Et Naimes li a dist tost : — « Tot à vostre talant. »

— « Sires, dist li dus Naimes, un petit entendez.
Bon conseil vos donrai, sé croire le volés.
Ne vées vos, bons rois, que Aymes l'adurés,
Girard de Rossillon, et li autres barnés
Repairent en lors terres tot si com vous vées,
Por l'amor de lor frères que si forment haés.
Sachiés que ils en sont dolant et aïrés,
Et qu'il vos gréveront, sé la guerre tenés.
Il manderont lor homes, car il en ont assés.
Le païs et le reigne tot destruire verrés ;
Car il sont bone gent et de grant parentés.
Por l'amor Deu déglé laisiés ces maupensés.
Se vous me velés croire, autrement le ferés :
Par icele manière ja non serés blasmés.
Or prenés un message de grant habileté :
Si l'envoiés au duc, et si li tramistés
Vos chartres, et vos briès si li envoierés ,
Et si li manderés par briès ensaélés
Qu'il servir vos viegne à la Natevité,
O .VI. C. chevaliers garnis et conréés ,
Ausi com fist ses père, qui tant fu adurés,
Et sé ce ne veut faire que vos conter m'oés,
Envoiés par vos homes et li ce trametés.
Au plus que vos poés d'homs vos i amenés,
As haubers et as hiaumes, as destriers sejornés,
Et sé vous le prenez, adonc soit vergondés.

Au los de vos barnage le duc i demenés,
Et li movés tel plait, dont il soit avillés,
Le reigne destuiés environ et en lés.
Jamais i prendrés home, qui ne soit desmembrés,
Ou pendus ou destruis, ou à armes movés.
La cité destruisiés, le chastel abatés,
Et des murs de la vile ja mare ni lairés.
Tot ensi sera fait, dam rois, se me créés.»
Come Karle l'entent, si est resvigorés.
— « Naimes, dist l'emperère, bon conseil me
Tot ensi sera fait com vous le devisés. [donez.
V. iert pris li mesages, que là envoierés.»
— « Ne sai, ce a dist Naimes, en gran tramelés,
S'il dira bien au duc ce que lui manderés. »
— « Volentiers, dist li rois, ja desdis n'en serés.»

Par le conseil Naimes, ki fu de bone foi,
Apela Enguerrand qui venist devant soi.
— « Vassaus, ce dist li rois, car entendés à moi !
Je vos veil envoier, par la foi que Deu doit !
Au duc Buès d'Aigremont..... et croi
Avec vous en iront Dreux et Emenfroi,
Que serés de compaïgne, je le veil et otroi.
Et me dites au duc belement sans effroi,
Que me viengne servir, ne le tiegne à bes loi.
Ausi comme ses pères refist ja endroit soi,
S'amaine .C. chevaliers preudommes et de foi,
A hauberts et à hiaumes . . . .
Il me het por son frère que, je bien l'oi et voi,
Qui je toli Nantueil, s'abaissé le bofoi :
Girard de Rossillon en guerroïa vers moi.
Caïtif l'en fis fuyr parmi le sablonoy.
Tot por son grant orgueil et por son estreloi.
Ainsi ferai je lui, si m'aïst, sainte foi !
Sé servir ne me vient, qu'il le mete en déloi.»

Trestot li comte dient : — « Or soiés en recoi! »
—« Sire, dist Enguerrant, et je le vous otroi.
Ja por paor de mort, ni lairai cou ne coi
Que tot ce ne li die que manderés par moi.»

Charles nostre emperère au los de son barné
A esleu mesages de grand nobilité,
Enguerran d'Espolice, un vasal aduré,
Drevon et Hermenfroi, ki tant ont de bonté,
Et .VII. autres barons de grant sens renommé.
Chascuns vesti l'aubert, si a l'escu , ...
Et monta el cheval ferrant et aduré.
L'emperères de France l'oi. . . . .
Tot en plorant. . . . .
De Paris départirent. . . . .
Jamais jor de la vie ni seront tot rentré.
Car chevauchent li niés de France le reigné,
Et trépassent la terre le païs honoré,
Et si ont tant ensemble alé et cheminé
Qu'il virent Aigremont, et chastel et cité ,
Et les murs d'environ la noble fermeté.
Li chastiaus fu moult fors si fu haut encroé,
Et l'ève d'environ li cort par le chané.
Les nès et les galiés sont par illuec passé,
Les praeries cointes et li vergier planté,
Et la gaingnerie dont i avoit planté,
Et li mur sunt bien fait et de marbre listé...
Ja ne le prendra Charles en trestot son aé
Par nul engien qui soit, s'il ne sunt afamé.
Atant vont cheminant tout le chemin ferré ;
Desi à Aigremont ne se sunt aresté.
Et viennent à la porte de la bone cité :
Choisissent le portier ; si l'ont araisoné :
— « Hé ! portier, biaus amis, de vos nos soit [graé

Que nos puissons entrer laiens en la cité.
Nos somes mesagers au fort roi coroné :
Au duc venons parler d'Aigremont l'alosé. »
Quant li portiers l'oï, si a en haut parlé.
.. Lor a respondu : — « A vostre volenté. »
La porte lor ouvri, le pont a avalé,
Et li baron i entrent de bonne volenté,
Et trespassent la rue et le borc qu'est pavé.
De si qu'el palais ne se sunt aresté.
Treuvent le duc Bueve séant o son barné.
Engerrans parla primes ; li autre ont escouté :
— « Sire, dist Engerrans, or entent mon pensé.
Sé je ne te salu, ne m'en saches mal gré.
Charles li emperères de France li reigné
Si te mande par moi, ja ne sera celé,
Que le voises servir à la Natevité :
En ta compaigne soient .C. chevalier armé.
Si li rent le tréu de treslot ton reigné,
Tot nus piés et en langes. Ainsi est devisé :
Le te covient porter à Paris la cité ;
Ne li envoieras par home, qui soit né,
Se n'est par toi meismes, li rois en a juré.
Et de Charles te tiens, ce t'a il bien mandé,
Pour tant que tu aidas à Doon l'aduré.
Quant li rois fu asiégé à Nantueil sa cité,
Et il conquist la vile et trestot l'iríté,
Tu t'en venis arrière, ce sai de verité.
Et de tant t'ont François de traïson prové,
Que contre ton seigneur alas le jor armé ;
Et si li oceïs grant part de son barné.
Ja ne seras à lui paié ne acordé,
S'en la sine merci ne te mes à son gré ;
Et sé tu ce ne fais, que je ai devisé ,
Aseoir te venra à cest premier esté.
Et s'il te puet tenir, sus seras encroé

Tot si com on doit faire fel traitor prové. »
Comme li dus l'oï, à poi n'est forsené,
Et jure Damedeu, le roi de majesté,
Qu'il le compara, ja n'estra trestorné.
Mar li a tel mesage ne dit ne aporté,
Por l'amor Karlemaine, sera-il afolé.
Mar li a en sa cort dite si grant vilté.

Li dus Bues d'Aigremont s'estoit levés en piés,
Et escrié ses homes : — « Barons, ne vos targiés !
Prenés moi les mesages ! chascuns soit destran-
[chiés ! »
A tant s'aillent si home ; si ont les brans sachiés.
Et accueillent roiaus, si les ont domagiés,
Et li dus d'Aigremont si s'estoit desbuchiés
Et escrié ses gens : — « Gardés nes espargniés! »
Il ot l'auberc vestu ; ses hiaumes fu laciés.
Vait férir Engerrans vers qui s'est adreciés.
Entreci qu'en esdens n'est li brans atargiés,
Mor l'avoit abatu et c'il èst trébuchiés.
-« Sainte Marie Dame ! dist Dreves, car aidiés;
Mais ne verrai le roi de cui fui envoiés. »
—«Vasaus, ce dist li dus, point ne vos esmaiés:
Tost et isnellement arrière repairiés.
Le mesage en portés ki ci gist dépeciés.
Si dites à Charlon tex li est envoiés
En lui de mon tréu li soit par vos baiIliés.
Que ja jor que je vive d'autre n'estra paiés,
Et se je le puis faire, il estera iriés,
Ne li sera garans haubers, tant soit mailliés,
Que j'encor ne l'ocie, sé j'en sui aaisiés.»
—«Sire, ce a dist Dreves, vos i estes marvoiés.
Encor en iert tes regnes gastés et essilliés.
A mainte weve dame en iert li cuers iriés.

Quand li dus d'Aigremont ot Engerrans ocis,
Dreves et Hermenfois en ont les cuers maris.
Durement le regretent et plorent à haus cris.
— « Sainte Marie Dame ! dist Dreves li jantis,
Et que porrons nos dire Karlemaine au fier vis ?
D'Aigremont départirent ainc ni fu congiés pris.
Si emportent le cors par dessus .II. roncis.
Dolant et correcié se sunt d'iluec partis.
A plus tost qu'il porent, se sunt el chemin mis,
Et s'en revont arrière ; chascun fut moult pensis,
Et maudient duc Bueves, qui si les a maumis.
De lor jornées faire ni aura conte pris :
Mais si vont cheminant les plains et les larris,
Qu'à .I. ajournement sunt venu à Paris.
Entreci qu'al palais ne se sunt alentis.
A tant sunt descendu li bon vasal de pris.
Karllumaine les vit ; si li mua li vis.
Et cil le saluèrent, k'il n'i ont terme mis.
— « Baron, ce dist li rois, est Engerrans ocis ! »
Et Dreves li a dist : — « Emperère al fier vis,
Moult en est grant tort, par Deu de paradis !
Qu'al traitor mortel ensi nos tramesis,
Qui het de noire mort toi et tos tes amis.
Quant Engerrans li duc racontet tos ses dis,
Ains que li tiens mesages li fust tous réichis,
Escria il ses homes que tantost fussions pris.
N'en revenons que .IIII, qui devant fusmes dix.
Engerran vos envoie détranchié et ocis.
— « Or est pis, dit li rois, si m'aïst saint Denis !
Je nel vossise por tot l'or de Paris !
Ahi ! Bues d'Aigremont, li tiens cors soit honis ! »
En terre le fist metre, moult fu grans li cris,
En gente sépouture et devant ses amis.
Sachiés que moult en furent dolant cil de païs.

Mais après le servisse sunt arrière vertis.
De si quens el palais est li bons rois guenchis,
Assés i avoit noise des grans et des petis.
Meismes Karllemaine fu le jor moult maris.
Naimes le conforta, li riches dus floris :
— « Sire, ce dist li dus, mar serés esbahis.
Ne vos démentés mie, por le cor saint Denis!
Mais prenés bon conseil; ne soiés alentis
De correcier le duc ki est vostre anemis.
Ne savés comment fu il parlerent fos dis.
Mais itant vos di ge, si m'aïst saint Félis !
S'amender nel vos weut que ne soiés pensis.
Ne li laisiés d'onor vaillant .II. .C. parisis,
Et se vos me créés, tous en serés garnis.
Reprenés .I. mesage que ne soit termes quis;
Si l'envoiés au dus, qui si vos a maumis,
Et si maint owec lui bien .ç. François vestis.

Sire, drois emperères, ce dist li dus Namon,
Car prenés .I. mesage maintenant de randon,
Et si le trametés au duc Bue d'Aigremon :
Die que viengne à vos sens nes une ochoison,
Tot là où vos vodrés, à vo comandison,
Et si vos face droit de la grant mesprison
Qu'il fist envers vos : ne fist mie raison.
Si soient owec lui .CCCC. compaignon
Qu'il laist en ostage por avoir garison.
Et se il le refusse, et il die que non,
Mandés tot vostre effors entor et environ,
Et s'en alés à lui par grant airoison.
.C. .M. homes menés o le roial dragon,
Issi com jugeront de vostre cort baron. »
Et Karles respondi : — « A Deu bénéiçon !
Mais ne sai le mesage, si m'aïst saint Simon. »
Li bons rois Karllemaine s'escria à haut ton :

— « Baron, dist l'emperères, entendés ma raison!
Vos en irés au duc que je tieng à felon ;
.I. mes tramis à lui apreis la rovoison,
Qu'il me venist servir à Paris, ma maison.
Il ocist Engerran par moult mal ocoison.
Tot mort le m'enveia issi, com no savon.
Je ne sai que il dist, si m'aïst saint Simon ;
Or vos i trametrai, par le cors saint Sanson;
Et si esproverai sé ce est voirs ou non. »
Et cil ont respondu : — « Ne ferés sé bien non.
Mais .I. tex hom gent, qui ne soit pas bricon,
Hardis soit et engrès, et fier comme lion.
Et soient ovec lui .CCCC. compaignon,
Qui tot li aideront, sé cou vient au beson. »
— « Hé Dex ! dist Karlumaine, où le trouvera l'on?
Se nus de vos i va, je li donrai bel don. »
Onques n'i ot celui, ki levast le menton,
Ne ki se présentast de lui faire son bon.
Il doutèrent le duc et la sine façon.
Comme Karles le vit, s'en ot au cuer friçon :
— « Qu'est-ce, dist Karllemaine, si n'est çaiens
[nus hom
Qui s'en osast lever ne prendre le baston,
Ne aler au duc Bue, que durement haon. »
Dolans fu l'emperère, quant nus d'aus ne res-
[pont.
— « Sire, dist li dus Naimes, bien vos conseille-
Envoiés i Loihis, vostre cher enfançon : [ron.
Li dus si l'amera quc devoir le savon.
Si le vos amenra à ceste revoison,
Et voisent owec lui .CCCC. compaignon
Armés d'auberc et d'iaumes et d'escus à lion.
Bien porra dire au duc son voloir et son bon. »
Quant l'entent l'emperère, si en ot marison :
Bien connoissoit le duc et sa fière façon.

—« Sainte Marie Dame ! ce dist li rois Charlon,
S'à Aigremont Loiher, no chier fil, trametron,
Et li dus li ocist, jamais joie n'auron,
Ne jamais en no vie terre ne tendrion. »
Dont se sunt escrié François et Borgoignon :
—« Sire, drois emperères, il ont dit à Charlon,
Ja desdis n'en sera, car nos tot le hon.
Or li donés errant le gant et le baston. »
Loiher sailli avant que l' virent maint baron ;
Devant le roi s'en vint, si cria à haut ton :
—« Emperère, dist-il, mar aurés marison.
Je ferai le mesage, et non saint Siméon.
Ja riens ni célerai si ait m'ame pardon. »
—« Je redout moult, dist Karles, le duc qui est [félon,
Que à vous ne se praingne la sus en son don-
Or parlés sagement : ne soiés pas bricon, [jon.
Et me dites au duc que sens arestison
Me viengne tost servir à Paris ma maison :
Et soient ovec lui .CCCC. compaignon.
Et se ce ne weut faire, que nos vos devison,
De par moi li dirés, mar i ait celison,
Que la mort d'Engerran enfin li demendon,
Qu'il ocit com traistres, et si li monstreron. »
Et Loiher li respont :—« Volenters li diron,
Par la foi que vos doi ! riens ne li celeron. »
— « Alés, dist Karlumaine, à Deu bénéiçon
Vos amaint et ramaint à vo sauvacion. »
Loiher se departi ; ni fist arestison.
Il a vestu l'auberc, lacé l'elme reont.
.CCC. chevaliers maine ki sunt de grant renon.
De Paris sunt parti par le congié Charlon.
Demedex les conduie par son sainstime non ,
Que jamais en lor vie tot sain ne revendront.
Hé Dex ! com grant damage et grant destrucion

Avint le jor en France et grant confusion
Que puis en furent mort .$\frac{M}{C}$. (ce savon),
Et tante gentil dame perdi son compaignon,
Tante vile en fu puis en feu et charbon.

Or chevauchent li mes, cui Jhésus puist salver,
Par desus lor chevaus, qui moult sunt à loer.
Chascuns vestu l'auberc et lacié l'iaume cler.
.CCC. chevaliers sunt, qui moult sont à loer.
Le chemin droiturier ont pris à cheminer.
Trestot lor droit voiage s'en prennent à errer.
Tout droit à Aigremont vont lor désirer.
Sonés et chançonères commencent à chanter.
Or vos lairons de ceus, cui Jhésus puist sauver;
Si dirons de Bueves, ki moult fist à douter.
Bien set que Karlemaine ne le pooit amer :
Ses homes à semons si les a fait mander.
Et il i sunt venus sans point de demorer.
Bien furent .$\frac{M}{IIII}$., si com j'oï nombrer,
A haubers et à hiaumes, hardi comme sangler.
Li dus Bues d'Aigremont lor a pris à conter
Com li rois Karlemaine le voloit mal mener.
— « Sire, dient si home, ne vos chaut à douter;
Kar bien vos aiderons, sé Dex nos weut sauver. »
Que que il devisoient, li gentil bacheler,
Esvos venu .I. mès sans point de demorer.
Les noveles ala au duc Bueves conter
Ke .CCC. chevalier, qui moult font à douter,
Viennent parler à lui de par Karles le ber.
Et quant li dus l'entent, Dex prent à mercier.
A tant esvos Loiher et tot si bacheler
Desos .I. olivier prendent à arester.

Ce fu el mois de Mai ens el commencement,
Que l'erbe verde est née et la flors ensément,

Que li rosingneus chante ens el bos hautement,
Et menu oiseillon par esbaudissement,
Que maintiennent amor bacheler de jovent,
Que Loiher, li fius Karle o le grant hardement,
Descendit del destre sos l'olivier qui pent ;
O lui .C. damoisiaus, qui moult sunt bone gent.
Li gentil ecuier ni funt délaiement.
Il prendent les chevaus sens nul atargement,
Et li baron s'en vont la sus el mandement,
Là où li dus seoit entre lui et sa gent.
Il en i ot .$\overset{M}{\text{II}}$. par le mien escient,
Que mandés les avoit et coitiés durement,
Por oïr de Charlon le fier commandement,
A hiaumes, à haubers de grant atornement.
Devant lui au disner en servi le jor cent,
Fiux de contes proisiés et de grant ténement
Vestu sunt de bons dras trestot à lor talent.
Li uns parole à l'autre et bel cortoisement.
Li dus Bues d'Aigremont, qui tant ot harde-
[ment,
Se sist el faudestueil, qui à fin or resplent.
Et sa moillers lés lui, ki ot le cors moult gent.
Sage fu et cortoise : moult honore sa gent,
Et si parole au duc bel et cortoisement.

— « Sires, dus debonnaires, dist la franche
[moiller,
Ja savés vos moult bien que Karle au vis fier
Est votres liges, sires : ne le poés noier.
En après Damedeu, qui tot a abaillier,
Moult vos fait grant honor, ne le vos quier noier,
Quand il ci vos envoie son ainsné fil Loiher.
Entendés qu'il dira ; soiés en baut et fier.
Si il vos dit folie, ne vos devés irier ;
Envers vo droit seigneur ne faites com lanier.

Sé par non sens volés folie commencier,
Ce niert mie savoir, si mant saint Richier.
Ton païs en verras gaster et essillier,
Et tes homes ocirre par moult grant encombrier.
Membre vos de Doon, vo frère le guerrier.
Entre lui et Girars, qui moult l'avoient chier,
Assés le guerroièrent au fer et à l'acier.
Mais ò la pardefin ne porent avancier.
Fuir les encovint et le païs vuider.
Par les fors des amis les fist-il repairier.
Par la proière d'aus n'en quist autre loier.
Or ne volés le roi de novel guerroier. »
Quand l'entendi, li dus prent soi à correcier :
— « Dame, ce li dist Bueves, alés vos ombroier,
Et par dedans vos chambres, qui sunt paintes
[d'ormier.
Laiens o vos puceles pensés de chastoier,
Pensés de soie taindre ; ce est votre mestier.
Li miens mestiers si est de l'espée d'acier
Et férir et joster encontre .I. chevalier.
Maldahé ait la barbe à nobile princier,
Ki en chambre de dame vait pour lui conseil-
[lier. »
A tant s'en vait la dame où il n'ot qu'airier.

A tant s'en part la dame sens nule demorée,
Et entra en la chambre, qui bien fu paintrée.
Par desor .I. cointe s'est la dame acoutée.
Hé Dex ! le jor i a mainte lerme plorée.
Baron, oiés chançon de bien enluminée !
Onques par jogleeur ne fu meillor chantée !
Ce fu par .I. matin, que l'aube fu crevée,
Que li fiux Charlumaine, à la barbe meslée,
S'en entra en la sale menuement pavée.
Là vit-il mainte gent, qui i fu asemblée.

De bone baronie fut la maison puepluée.
Chascun à son costé avoit cainte l'espée,
Tant qu'oront del mesage la vérité provée,
Et comment la parole sera bien achievée.
Loiher passa avant à la chiere membrée,
Et sa gent après lui sans nule demorée.
Oiés qu'il dist au duc d'Aigremont la contrée
Devant sa baronie, qui la fu aunée :
— « Cil Damedex de gloire, qui pluie et gelée,
Et le chaut, et le froit, ciel, terre, mer salée,
Et si fist home et fame par sa bone pensée,
Il saut et gart Karles de la terre honorée,
Et toute sa maisnie, qui preus est et senée,
Et confunde duc Bueves où de bien n'a deurée,
Et sa chevalerie, que ci voi assemblée ! »
Chascun a ceint le branc pour commencier [meslée :
Mais assés en auront ains que soit la vesprée.
— « C'est que te mande Karles de France [l'onorée
Que le voises servir sans nule demorée,
A la Natevité : n'i a plus d'arestée.
O toi .CCCC. homes de maisnie privée.
Et sé tu ce ne fais, sa barbe en a jurée,
K'il mendera François et sa gent ordenée.
Il ne remanra home dusqu'à la mer salée
Que il n'amaint sor toi, s'il puet porter espée.
Ta cité abatra et ceste tor quarrée ;
Et s'il te puet tenir, ta mort sera jurée.
En haut seras pendus à une arbre ramée,
Comme lères faussier, que l'on prent en emblée,
Et ta moillier sera honie et vergondée.
Par cojuré te fera com as mal pensée
Et la grant traïson qu'as envers lui menée,
Quant pour l'amor Doon de Nantueil la contrée,
Weus movoir guerre à roi de la terre honorée.

Ja le chaça il fors de la sine contrée.
En la terre de Puille fuit à recelée...
Or en weus tu avoir autretele soudée?
Fai que doi le mien père à la chière membrée.
Poi s'en faut ne t'ocie à m'espée acérée. »
Tost et isnellement mist la main à l'espée.
Savaris de Tolouse li a ens reboutée.
Comme li dus le vit, s'a la chière troblée.
Il a juré sa fame, que il a tant amée,
Que mar le sé pensa folie fist provée.

Grant ire ot li dus Bues, quant il ot et entent
Que Karles li manda un si fier mandement,
Et que Loihers le vost ocirre si briement.
A grant honte le tint et à espitement.
Il a dit à Loiher : — « Vos parlés sotement!
Que par l'ame de moi ! sé je à Deu la rent,
Moult s'en faut, petitet, qu'orendroit ne vos pent.
Ne feroie pour Karles la monte d'un besant.
Quant prist guerre à Doon par son entisecement,
Il le vint asséoir sans nul détriement:
A lui se combati sous Nantueil voirement;
Là le vainqui li rois, je le sai à escient.
Mais ce fu par l'effors d'une paiene gent,
Qui tornèrent en fuie com traitor pullent.
Dex! tant home i ot mort, et ocis, et sanglant.
L'emperère de Rome en fu liés et joiant.
Sé il l'en fist fuir par son esforcement,
Il est or revenus, à Dex merci en rent,
Tot mal gré Karlemaine, cui la corone apent.
Avons fait entre nos un tel afaitement,
Ne ferions por lui, sé m'aïst saint Vincent,
La monte d'un festu, car ne l' prisons noiant.
Or est la ducéés del tot à mon talent.
Ne feroie pour Karles la montance d'un gant.

Vos, qui m'avés conté .I. si fait mandement,
Vos en repentirés ains le département !
Mar mi avés mesdit issi devant ma gent !

Vassaus, ce dit li dus, entendés ma raison !
Karles mande par vos que nos servir l'aillon
A la Natevité, que terme n'i praignon.
Si soient avec nos .CCCC. compaignon.
Mais, par la foi que doi au cors saint Lazaron !
Ne feroie por lui la monte d'un bouton.
Ençois li moverai, sé je puis tel tençon,
Qu'à Paris m'en irai à coite d'espéron,
A .$\overset{\mathrm{M}}{\mathrm{LX}}$. homes de diverse façon.
A donc li monstrerons que mie ne l'amon
Pour amor de mon frère le riche duc Doon. »
— « Par foi, se dist Loihers, or oï sens de bricon.
Dahé ait hui la barbe, qui li pent au grenon,
Qui son seignor menace, sé ni set ocoison.
Tu ne pues renoier que ne soies ses hom.
Homage li feis, ce virent maint baron.
Ta terre te rendi et l'onor environ,
Et te fist chevalier à une Acension.
Et or l'en rens ici si malvais gerredon.
Engerran t'envoia, si com nos bien savon,
Pour demander son droit; n'i dist mot sens raison.
Et quant il conte le message Charlon,
Tu l'oceis à tort com traitre félon.
Encor seras pendus, com un autre laron,
Et si auras fermé el col le chaieignon.
Ja n'auras à garant fermeté ne dongon.
Je te menrai en France comme viautre ou gain-
Illuec seras jugiés en la sale à Loon. [gnon.
Si com esgarderont chevalier et baron,
Sé tu ne viens à Charle à ceste Acension.
...... Fins traitres, ja t'amenois pardon. »

Comme li dus l'entant, si froncha le grenon ;
Si rogit et mua, com sé fust .I. charbon.
Il ne désist .I. mot pour tot l'or d'Avalon,
Et quant il a parlé, si dist ceste raison :
— « Loiher, mar le pensasses, sé m'aïst saint [Simon. »
En haut s'est escriés : — « Prenés le moi, baron.
Sa mort a aportée : ja n'aura raençon.
Par la foi que doi Deu ! il a sens de bricon. »
Comme sa gent l'oï, n'i font arestison ;
Il asaillent roiaus entor et environ.
Mais il se desfendirent à guise de baron.
Loiher sacha le branc, ni fit arestison,
Et vost férir le duc parmi le chief enson,
Quant .I. chevalers saut, qui fist grant folison,
Et Loiher le férit sor le chief à bandon,
Que tot le porfendit de si qu'ens el menton.
Mort l'avoit abatu par desus le perron.
— « Oltre, dist-il, cui tiers à Deu maléiçon,
Ta mort as avancié pour le cruel félon. »

Mors est li chevaliers, qui ne l'déservi pas,
Pour l'amor son seignor, qui le col avoit cras.
Et Loiher escria : — « Ferés, baron, à tas !
Assaillir nos a fait li cruiens Sathanas.
Ja ni porra garir, par le cors saint Thomas !
Sé je l'ataing à cop jeté à ambes as. »
La gent au duc Loiher i fièrent à mains tas,
Tranchent et poins, et piés, et espaules et bras.
De sanc et de cervele i fu grant li esclas.
Chiéent i par la sale mort et vaincu et mas.
Par le mien essient n'en leveront hui mas.
La gent le duc Bue ne l' tienent mie à gas.
Ains s'armèrent erant et ne demorent pas.
A tant sunt revenu au grant chaple vias.

Là i feront morir maint home as talevas.

Forte fu la bataille et greveuse à sofrir.
La gent le duc Bue s'en prennent à issir,
Des chambres des soliers, où s'alèrent tapir.
Les blans haubers vestus les vi on revertir.
Quant les virent roiaus, l'ont péor de morir.
Bien furent .$\overset{M}{IIII}$. sans .I. mot de mentir,
Qui assaillent roiaus, qui ne puent guenchir.
Parmi les aléors en firent .C. périr.
Durement les démainent, ne les porent sofrir.
Comme Loiher le vit, si jeta .I. souspir.
A soi meismes lors se prist à descourir.
—« Sainte Marie Dame! que pourrai devenir?
Jamais ne verrai Karles, cui je doi obéir.
Mais ençois que je muire, lor cuit je cher
Il a sachié le branc, qui li fu à plaisir; [mérir !»
A mont parmi son hiaume en ala .I. férir,
La coife ne li cercles ne le puet garentir :
De si que el menton li fait le branc sentir.

Forte fu la bataille là amont el palais ;
La gent le roi de France, qui moult furent irais,
Fièrent des brans d'acier sor les escus à ais,
Et faussent les haubers, qui furent de Cambrais.
Chiéent i à main tas, qui soit bel ne qui lais.
De sanc et de cerveles i est ireus li tais.
Jusk'à l'espéronal i fièrent à eslais.
Mais la gent le duc Bue le traitor punais
Damagèrent la gent à l'emperor d'Ais.

Loiher et si baron vont moult amenuisant.
Ne sunt mais que .LX : ains furent .CCCC.
Vassament se desfent cel jor le remenant.
De lors brans acérins en vont .C. ociant.
Tant home i ot le jor, qui n'ot de mort garant.

Par le mien esciant ja perdisent......
Quant la commune vint come foudre corant,
O haches, o espées, comme gent malveillant,
En la sale se fièrent tot plain de mautalant.
La trovèrent roiaus : nes vont pas menaçant.
Ains fièrent et ocient quant que vont ataignant.
Moult en i ont ocis, dont damage font grant.
A icele parole esvos Bue errant,
Et issi de la chambre sans nul délaiement.
Et a vestu l'auberc, lacié l'elme luisant.
Et ot cainte l'espée à son sénestre flanc.
Et escria ses homes — « N'alés mie atarjant ! »
Ki lors véist le duc comme il fiert durement !
De sanc et de cervele vait la terre covrant,
Et l'un mort de sor l'autre à terre trébuchant.
Mais moult bien si vendirent no baron comba-
Et cil de la cité les vont si empirant ; [tant.
O haces, o maçues les vont escevelant.
Comme Loiher le vit, si en ot maltalant.
Envers le duc ala tantost de randonant,
Et fiert parmi son hiaume, qui aloit reluisant,
Mais ainc ne l'empira la monte d'un besant.
Agenoiller le fist pour le cop, qui fut grant.
De lui eust-il païs à trestot son vivant.
Mais sa gent y corurent par ire randonant.
Sus le font relever tantost demaintenant.
Quant li dus fu sor piés, ne s'ala atarjant :
Il va férir Loiher de l'espée tranchant,
Que li hiaumes du chief ne li fist tensement,
Entre ci qu'el menton l'ala tot pourfendant,
Que mort l'a abatu de sor le pavément.
Li dus Bues s'escria : — « Baron, ferés avant !
Mar en eschaperont li petit ne li grant ! »

Mors est li fiux le roi, ki avoit nom Loiher,

Que tramist Karlemaine, l'emperère au vis fier,
Au duc Buef d'Aigremont, à loi de messagier.
Hé Dex ! com grant damage et com grant encom-
[brier !
Puis en avint el reigne .I. si grant destorbier ,
Qu'il en furent ars tant chastel tant mostier
Tant orfenin clamé, tante weve moillier,
Et tant chevalier mort au fer et à l'acier.
Hui mais orré chançon, qui moult fait aprisier,
Com s'en retournèrent li nobile princier.
Or est li vasaus mors, qui tant fut à prisier.
Savari apela dus Bueve li guerrier :
— « Vasaus, ce dist li dus, garde ne te targier !
Voidies me tost ma vile sanz point de délaier.
A Charlon porterés son vaillant fil Loihier.
Je n'ai autre tréu que li doie envoier.
Assés li ferai mal, sé il weut guerroier. »
— « Sire, dist Savaris, qui le corage ot fier,
Ne vos esmaiés mie, il vos fera irier ;
Car ençois que li mois soit passés de Février,
Venront à vostre porte tel .LX. millier.
Ja ne le garites que n'aiés encombrier.
Pensés de vos garnir, vos en avés mestier ,
Car vos serés ocis, ce ne puet détrier.
Il n'est nus hom el mont, qui vos puist respitier.
Ne mais que Dameldex, li verai justissier. »
Aitant s'en parti del duc sens atargier.
Moult s'en failli petit, si com j'oï noncier,
Que li dus nel pendi com .I. larron faussier.
Cil emportent le biere del' gentil chevalier.
Quant sunt fors de la vile, si prendent .I. somier ;
Desus metent le cors, ne volrent atargier.
A tant s'en sunt parti, sans point de détrier.
Hé Dex ! com le regretent li gentil sodoier.
— « Sainte Marie Dame, dient li mesagier ,

Tant nos a fait li dus dolereus enconbrier,
Qui a le fil Karles ocis au branc d'acier.
Dex ! que porrons nos dire Karlumaine au vis fier?
Par le mien esciant, il nos fera irier. »
Qui là véist as contes lor grant dolor mairier,
Et lor painnes débatre, et lor cheveus sacier,
Onques Dex ne fist home, ce vos ose afichier,
Qui n'en eust pitié, tant éust le cuer fier.

Grant duel et grant dolor démainent li
[message,
Pour le fil Karlumaine, que on tenoit à sage,
Que li dus Bues ocist là sus en son marrage.
Hé Dex ! comme li jor li avint grant damage.
Puis en perdit-il terre et... ses linage,
Si en perdi la teste par delès .I. boschage.
Charles le fist tuer à la dure corage.
Et puis en fu-il guerre par plain et par herbage,
Dont bien .C. mile homes en morurent à rage,
Que nes pot garentir escus ne bone targe,
Ne haubers jaserans, ne hiaumes de Cartage.
Seignor, j'ai commencié chançon de vaselage,
De grant chevalerie et de fort ahannage.
Ce fu el mois de Mai, qui li caus asoage,
Que l'erbe vert est née et la flors el préage.
Plorant et cheminant repairent le message
Le chemin droiturier en vers France le large.
Si en portent Loiher, qui fu de haut parage.
L'emperères de Rome en aura au cuer rage.

Or chevauchent li mes de France la garnie,
Damedex les conduie, li fius sainte Marie !
Moult demainent grant duel : n'i a celui ne die :
— « Hé ! dus Bues d'Aigremont, li cors Deu
[te maudie !

Ains mais ne fist nus dus si grande félonie ,
Qui Loiher nos as mort par ta grant tricherie.
Dex ! que dira li rois à la barbe florie ?
Jamais joie n'aura en trestote sa vie. »
A tant vont chevauchant ; ne se targèrent mie.
Ne n'i a cité, ne n'i a vile garnie,
Où l'on ne feist duel, quant la chose est oïe ,
Pour l'amor de Loiher, qui avoit cortoisie.
Pensant et chiminant s'en vont par la chaucie ,
Que par nuit que par jor ont lor voie acoillie ,
Tant que il sunt venu en France la garnie.
Charles fu à Paris en la sale jonchie ,
Et tint cor hautement de sa gent seignorie.
Grant joie démena cele bachelerie.
Mais en assés poi d'eure aront chière marie.
Que li mes s'en reparrent, qui vienent à haschie,
Ki aportent Loiher, qui la face a noircie.
Uns d'aus se départi, qui ne s'atarga mie ,
Desi que à Parie a sa voie aquellie ,
Et monta les degrés de la sale votie.
Là où vit Karllumaine, hautement li escrie :
— « Par ma foi ! emperères, ne lairai ne te die :
Ici vient votres fiux, qui perdue a la vie.
Et toute vostre gent est morte et détranchie.
Li dus Bues d'Aigrement, cui Jhesus maléie !
Si li copa la teste à s'espée forbie
Tot mort le vos envoie sor .I. mul de Surie.
Venés en contre lui, car je ne vos ment mie. »
Comme Charles l'entent, si ne set qu'il die.
Il est chéus pasmés devant sa baronie ,
Si qu'il ne pot parler d'une liue et demie.
Naime l'en releva et li rois d'Ermenie,
Bueves, li dus sans barbe, et li quens de Rossie.
— « A vos, sire, font-il ici, à vilonie.
Por amor Damedeu ! ne vos emaiés mie !

Mais pensés que li dus ait perdue la vie.
Et qui vos en faura, Jhésus le maléie ! »
Quant li rois l'entendi, si ne set qu'il die.

— « Baron, dist Karllemaine, pour Deu le roi,
[amant !
Et car me conseilliés ; car je sui moult dolant
Del duc Bue d'Aigremont, qui si me va menant,
Ki m'a ocis mon fil et le preu Engerrant.
Or le m'envoie mort sor .I. destrier ferrant. »
Et Naime respondi : — « Ne te va atargent.
Mais alons à l'encontre tost et isnellement.
Es Saint Germain des Prés le metons mainte-
[nant. »
— « Baron, dist l'emperères, tot à vostre com-
[mant. »
Charles part de Paris, qui le cuer ot dolant.
Et o lui en alèrent des chevaliers .VII. cent.
Onques ni ot celui qui n'alast dolosant.
Charlumaine li rois ne s'ala atargent.
Vint encontre son fil, qui le cors ot sanglant,
Et fendu jusqu'el pis à l'espée tranchant.
L'emperères l'encontre, car il l'aloit quérant.
De si loing com le vit, ni ala demorant.
Par son ester à or descendi de ferrant.
Vint encontre la bière, plorant et dolosant.
— « Sainte Marie ! dist Karles li sachant,
Que porrai devenir ? soiés moi hui aidant.
A tant en vint au cors, si l'ala esgardant,
Et vit sanglant le front et la chière devant.
La cervele li fut de sor les jols devant.
L'emperères en plore, et fait .I. duel moult grant.
Onques tex ne fist home en cest siècle vivant.
Ki véist Karlumaine, ne l'en pesast forment.
En la cort n'ot le jor Bavier ne Alemant,

Qui des ols de son chief n'alast moult larmoiant,
Et por l'amor le roi moult tenrement plorant.
Li auquant dient : — « Rois, ne te va atargant.
Fais ton fil enfoïr à Saint Germain avant.
Puis semon ton empire de si à Mont Aiglant ;
De si as pors d'Espaigne va tes osts semonant.
Mar lairas à semonre le petit ne le grant ;
Qui armes puet porter si viengne maintenant.
Qui ni venra, si soit apelés récréant.
Maldis soit-il de Deu le père roiament,
Ki n'ira sor duc Buef tost et isnellement !
Ja mar li laisseriés .I. denier vaillisant.
Et sé vos le prendés, pendus soit maintenant. »
Quant Karles l'entendi, si se va confortant :
— « Baron, dist l'emperère, dont le lairai-je
[atant.
A Damedeu de gloire me vois de lui plaignant. »
De si à Saint Germain ne se vont atarjant,
El mostier en entrèrent li chevalier vaillant.
L'auberc li desvestirent et le hiaume luisant.

L'auberc li deslacièrent à Saint Germain el
[Pré.
Ens el mostier l'en ont tot maintenant porté.
L'arceveske Hermans, qu'om tint à bien létré,
A chantée la messe : n'i a plus demoré.
L'ofrande fu moult grande, quant Charle i fu
Après la messe l'ont en .I. sarcui boté. [alé.
Ki donc oïst le cri, que l'on i a levé,
Com Charles se démente, l'emperères membré !
Com tire ses cheveus li bons rois coroné !
— « Hé Dex ! dist Karllemaine, com par sui
[avillé !
Tant ma li dus Bueve malement démené,
Ki mon message a mort et mon fil m'a tué !

Dame Dex ! sires pères, qui me fesistes né,
Vos m'en donrés venjance par la vostre bonté!
Qu'encor se repente de ce k'a mal ovré.
Si ne fu oncques jors, ce sachiés de verté,
Que lui et son linage ne tenisse en chierté.
Mais sé vif longuement, ce il est guerdoné,
Je nel' lairoie pas por Paris ma cité,
Que ne voise sor lui à cest premier esté,
Et Dex me laist venger selonc ma volenté ! »
Dont regarde son fil, qui le vis ot mué ;
Doucement le baisast, sé ne fust trestorné.
Mais Naimes de Bavière, et li quans Ochoé,
Aimery de Nerbone et Bernart l'aduré :
— « Sire, font-il au roi, merci por amor Dé !
Car vos reconfortés, si ferés grant bonté.
Ja i estes vos, bons rois, de grande poesté.
Bien vos poés venger de Bueve l'aduré.
La mort de vostre fil sera cher comparé.
Abatés Aigremont le chastel honoré,
Dus Bue soit pendus com traitres prové.
Sé je vos ai bien dit, or soiés a pensé,
Ne soiés mie dame, qui ait grant duel mené. »
Comme Karles l'entent, si lor en sot bon gré :
— « Or gardés que li cors, fait-il, soit enterré. »
Et il si fu tantost et en terre bouté.
Donc s'en parti li rois de Saint Germain el Pré,
Et rentra en Paris en son palais pavé.
Adonc fu en la sale tantost li deus levé ;
De toutes pars i ont le cri adonc levé.
Tant chevel i ot trait et tant drap dépassé.
VII. jors trestous entiers avoit li deus duré,
Que n'i ot son ne joie, né déduit démené.
Quant vint au nuême jor, s'est Karles porpensé
De la mort de son fil, dont il est adolé.
Ja par duel demener ne l'ara recovré.

En la sale est venus, là où sot son barné :
Moult i furent de maine, prince, conte, chasé.
Charles nostre emperères les a araisoné :
—« Baron, dist Karlumaine, or oiés mon pensé.
J'ai portée corone .LX. ans sunt passé,
Onques mais ne trovai moi feist tel vilté,
Com dus Bues d'Aigremont ki m'a Loiher tué,
Et Engerran ausi, le vasal aduré.
Ja iestes vos mi home et pléjie et juré.
Ne me devés faillir, baron, c'est vérité.
Je m'en irai sor lui à cest premier esté,
Et menrai mon empire, quant l'aurai auné.
Par ceste moie barbe de blanc entremeslé,
Aigremont abatrai, sé je vit par aé.
M'aiderés vos, baron, pour amor Dame Dé,
Tant que soie vengiés del traitor prové ? »
Flamenc et Berruier se sunt contre escrié ;
Engevin et Normant, dont il i ot planté,
Et tot li autre prince, ki furent assemblé,
Si respondent au roi : — « A vostre volenté !
Ja jor ne vos faudron en trestot nostre aé.
Encors vos aiderons, tant qu'il sera maté,
Et que vos l'aurés mis en vostre fermeté. »
Mais ençois en seront .C. mil home versé
Et .V. .C. destriers mort et esbovelé,
Tant chastel abatu et tant borc embrasé,
Et tant pié et tant poing, et tant chef désevré,
Tant vaillant chevalier parmi le cors navré,
Qu'il ait pris Bue, car moult avoit bonté !

— « Baron, dist Karlemaine, à moi en entendés.
Aiderés me vos donc en foi, en loiautés ? »
— « Oil, dist li prince, mar vos en douterés !
Mais semonés vos homes, vos princes, vos chasés,
Qu'il wiengnent à vos, que mestier en avés.

Et cil, qui n'i venra, de vos soit desfiés. »
— « Baron, dist Karlemaine, bien sai que vos
[m'amés.
Issi sera-il fait, com vos le devisés. »
Ses messages apelé, s'a ses briès aprestés,
K'il envoie as barons de par tot les regnés.
Li auquant sunt venu, et li auquant remés.
Li baron, qui l'amèrent, cil ne sunt demorés.
Ains vienent et aunent o grande poestés.
Richars de Normendie, cui Dex croise bontés,
I amena .XX. mile de vasaus esprovés,
De si qu'à Paris ne sunt asséurés.
Esprés par dessus Saine es les vos aretés.
Charles fu as fenestres, si les a regardés ;
De Deu les a seigniés le roi de majestés.
Puis i vint Salemons, li fors rois coronés,
A tot .XXX. mil homes garnis et aprestés.
Galerans de Buillon et des autres assés,
Et Flament et Braibançon ne se sunt arestés.
A Paris sunt venu, ki est bone cités.
Onques Dex ne fist home, ki de mère fust nés,
Ki les péust esmer quant se sunt assemblés.
Par trestoute la terre, c'est fine verités,
Ne remest home à pié, qui ne venist armés.
L'emperères de Rome les a araisonés :
— « Baron, dist Karlemaine, à moi en entendés.
Grant damage m'a fait dus Bues li alosés :
Loiher mon fil m'a mort, c'est grans desloiautés.
Or en irons sor lui, si vos me loés.
A tant sunt escrié Flamenc li desréés,
Baiviers et Aleman, dont i avoit assés ;
De commencier batailles furent entalentés.
— « Sire, car chevauchiés ! ne vos aséurés !
A le matin movrons, quant solaus iert levés,
Et nos vos aiderons de bones volentés.

Le duc Buef assaurons, tot si com vos voirés.»
Et Karles respondit :—«Dex vos en sache grés !
Or et argent et pailes vos donrai-je assés. »
—«Naimes, dist Karlumaine, à moi en entendés,
Et vos, et Galerans, qui tant avés bontés,
Et Richars li Normans, li bon dus honorés.
Vos conduirés l'angarde à .XXX. mil armés,
Et porprendés la terre environ et en lés,
Et destruiés la terre ; telx est ma volentés. »
Et cil ont respondu :—«Si com vos commendés.»

A mitant l'on laissié li prince et li baron.
De si qu'el demain que soleus pert parfont,
Que Karles se leva, li rois de Montloon.
Chauça soi et vesti, que le virent maint baron ;
.IIII. cors buglières fist soner de randon,
Et li ost se commuet d'entor et d'environ.
De Paris sunt torné, ensi com nos dison,
Et trespassent la terre et l'ample région.
Ne sai que vos contasse des jornées le nom.
Tant a chevaulchié Karles, li rois de Montloon,
K'entrés est en la terre le dus Bue d'Aigremont.
Le feu i a fait metre entor et environ.
.I. mesages s'en torne à coite d'esperon ;
De si à la cité ne quist arestisson.
El palais est venus sor .I. ceval gascon,
Où qu'il vit le duc : si l'a mis à raison :
—« Sire, Jhésus vos gard, qui estora le mond !
Par la foi que vos doi, noveles vos diron,
N'est mie de merveille, sé vos esmerveillon,
Que Karle vient sor vos, li rois de Monloon,
Et o lui .C. mil homes, qui vienent de randon,
Armés d'aubers, et d'iaume, et d'escu à lion.
Onques Dex ne fist home, par verté le disson,
Se il le het de mort, n'en doive avoir friçon.

Je li oï jurer le cors saint Lazaron
Que, sé il vos tenoit, n'auriés raençon,
Que pendus ne fussiés en haut com .I. larron.
Vo fame et vo enfant ja n'auront garison,
Qu'il ne soient ars en feu et en charbon. »
Comme li dus l'oï, si mua sa façon.
— « Hé Dex ! ce a dist Bue, par vo saintisme
[nom,
Garissiés moi mon cors de mort et de prison,
Que ne me prende Karles, li rois de Monloon,
Car sé il me tenoit, n'auroie garison,
Ne perdisse la teste pardesus le menton. »

Quant li dus d'Aigremont le mesage entendi,
Que Karles vient sor lui, qui tant parait hardi,
Et amaine son ost armé et fervesti,
Tant vaillant chevalier preu et ameneui,
Isnellement saut sus : ne si est alenti.
— « Baron, ce dist li dus, pour amour Deu
[merci !
Karles en vient sor moi, que tieng à anemi,
Moult dolans et maris de son fil k'ai péri,
Et sé me puet tenir, tost m'aura malbailli. »
— « Sire, ce a dist Fouques, je vos tieng à ami.
Or ne vos démentés, biau sire, je vos pri,
Mais mendés vostre frère dam Girard le hardi,
Qu'il vos viengne aidier et Doons autresi,
Et Aimes de Dordon, li vasal seignori.
Cil ammeront tel gent dont Karles iert honi. »
Et dus Bueve respont : — « Par ma foi, je l'otri. »
Il a pris .I. message, qu'il set de sens garni :
— « Va, monte en .I. cheval corant et arrabi.
Si me diras Girart, mon frère le hardi,
Que Karles vient sor moi, ki ne m'aime .I. espi. »
Et cil monte el cheval, que plus n'i atendi,

Tost et isnellement d'Aigremont se parti,
Et trespasse les tertres, les valées ausi,
Et la terre environ : onques ne s'alenti
Tant qu'il vit Rossillon, le chastel bien basti.

Cil vint à Rossillon, qui fu le duc Girart,
Et le trova jeuant à .I. vasal lombart.
Li mes est descendus et venus cele part,
Et salue le duc : ne se fist point coart.
— « Damedex vos saut, sire, dist li mès à [Girart
De par Bue d'Aigremont, vos frère le gaillart. »
Après si li bailla le brief à une part.

Li dus reçois le brief que ses frère envoia.
Son chapelain apela : onques ne se tarja.
Cil brisa le sael et la letre avisa,
Puis si a dit au duc quant que il i trova :
Com Karles l'emperère son grant ost auna,
Et com Bues d'Aigremont à besoing le manda
Qu'il li viengne aidier, pour Deu, qui le forma;
Que sé li rois le tient, maintenant le pendra.
Comme Girart l'oï, errament se leva,
Et jure Damedeu, qui le mont estora,
Qu'il mandera son ost, son frère secovra ;
S'il trueve Karlumaine, à lui se combatra.
Dont mende son empire, et moult tost l'auna.
Et furent bien .C. mil, se dist cil qu'es esma.
Et Doons de Nantueil li sien ost rasembla.
Andui sunt ajosté ; demorée n'i a.
De Rossillon partirent, com l'aloé chanta,
Et trespassent la terre, u li ost asembla.
De lor jornées faire ne vos conterai ja.
Vindrent à Aigremont, qui sor la roche esta.
Par delès la cité Girart se herbergea,
Et li dus environ en le prée logea.

Onques ne fu tel ost com li dus amena.
Li dus Bues d'Aigremont onques ne demora.
A Girart est venus, et si l'en mercia.
Trestot de chief en chief l'afaire li conta,
Qu'il ocist Loiher, que Karles envoia.
— « Or est venus sor moi : sa barbe jurée a
Que s'il me puet tenir, à forches me pendra. »
— « Par Deu ! ce dist Girart, ja nel' se pensera.
Par le mien esciant, à dolor s'en rira.

Frère, ce dist Girart, ne vos esmaiés mie !
Se Karles vient sor vos de France la garnie,
Il i aura bataille ; ce ne remeura mie.
Ja jor ne vos falrai, tant com je soie en vie. »
— « Sire, ce dist dus Bues, mes cuers à vos [s'alie. »
Atant la laissié la riche baronie.
De si à l'endemain que l'aube est esclarcie,
Que li dus d'Aigremont, à la chière haitie,
Fait sa gent conréer, et si la bien rangie.
Il vestent les haubers de cele ceure dengie,
Et ceingnent les espées, où chascuns moult se fie,
Et montent ès chevaus d'Espaigne ou de Roussie.
Adonc s'en sont parti, ne se targèrent mie,
Et sunt acheminé très parmi Lombardie ;
Droitement envers Troies ont lor erre aquellie;
La vile ont assegié parmi la praérie.
Li citéain se fuiaient de la cité garnie ;
Vassaument se desfendent contre la baronie,
Jettent pieres et baus, et pois chaude et bolie,
Et ruèrent les fus dont la ville iert garnie.
Tant en vont ociant, n'est qui le nombre en die.
Li dus se traist arrière emmi la praérie :
Fist soner la retraite : sa gent est ressortie.
Et jure Dam le Deu, le fil sainte Marie,

Jamais n'en partira en trestote sa vie,
Si aura ceus dedans et la cité bruie.
Mais je cuit sa parole i sera desmentie,
Que Karles l'emperères et sa gent moult garnie
Si vienent et chevauchent à force à ost banie,
A Uvergnas, Berviers et cil de Normandie ;
Flamenc et Engevin ne se targèrent mie.
.I. messages lor conte com l'uèvre fu bastie,
Et comment li dus Bueve a la terre essillie,
Et com li dus Girard li refu en aïe,
Et lor dus de Nantuel lor i· fist compaignie.
Et quant li rois l'oï, à haute vois s'escrie :
— « Baron, car chevauchiés, ne vos atargiés
[mie ! »
Adonc sonent les cors et la grant taborie,
Qu'on oït la noise d'une liue et demie.
Dam Richars li Normens à la chere hardie,
Et Ogiers li Danois, qui moins ne valoit mie,
Conduient l'avangarde, car li rois moult se fie ;
Ventelent cil peignon, mainte enseigne i balie,
Chevauchent par la plaigne, qu'est gasté et en-
[hemie.
Girart de Rossillon en oït la bondie.
Il a dit as barons : — « Ne vos esmaiés mie.
Encui aurons estor et bataille enforcie. »

Quant li bons dus Girart a oï la cornée
De l'ost Karles, qui vient de France la loée,
Ses cors a fait corner. Sa gent est esfraée.
Vestent haubers et hiaumes, tante burine fafrée,
Et si ot ceint le jor tante nobile espée,
Et tant cheval corant à la crupe tiulée.
Girart va chevauchant l'embleure et l'estrée ;
O lui .LX. mil de bone gent armée.
Bondissent cil tabor : grant fu la résonée.

Ja i aura doné tante pesante colée ,
Et tant baron ocis navré en la corée ,
Dont l'ame s'en parti ; n'i pǫt avoir durée.
Sainte Marie Dame ! com dure destinée
Avint, en celui jor, sor gent crestianée.
Les ost s'entrencontrèrent emmi .I. valée.
Là fu grant la tençon, et laide la meslée.
Li bons dus Galerans a s'ensaigne escriée :
Monjoie la Karles, qui tant fu renomée.
Girart de Rossillon a moult grant alenée.
Andui s'entrencontrèrent tot une randonée.
Galerans de Buillon a la lance levée
Et fiert le duc Girart en la targe dorée,
Si qu'il li avoit percié et estroée ,
Et la broine del dos derompue et fausée ;
Lès le costé li passe la grant lame acérée.
Damedex le gari ! et la vertu nomée
D'el sanc, qui de lui ist, fu toute ensanglantée.
Li dus de Rossillon li redone colée ,
Qui la bocle del col li a parmi copée ,
Et la broine del dos li copa à volée.
Et..... bais et curie et la pelice lée.
Li brans descent aval par vive randonée.
Le cheval aconsuit et la sele dorée.
La teste li copa, li dus chiet en la prée.
Galerans sailli sus , cui cist gius point n'agrée.
Et escrie s'ensaigne : es vos sa gent armée.
Ençois qu'il remontast, c'est vérités provée ,
I ot par devant lui mainte teste copée.

Forte fu la bataille à cest commencement,
La où li dus chaït, à cui Ardane apent.
Tant hiaume i ot copé, tant riche garnement ;
Tant baron chevalier à la terre s'estent.
Esvos Ogier poignant, qui par air destent,

La lance porte droite, fiert Ponçon de Clarvent,
L'escu li a percié et l'auberc jaserant ,
Si que parmi le cors, son roit espie li rent.
Mort l'avoit abatu del sor de bonivent,
Puis saisit le cheval par la reine à argent,
Et est venus au dus : si l'en fait .I. present.
Quant Girart l'a véu, si en ot marrement.
Li dus de Rossillon le regrete forment :
— « Ahi! tant mar i fustes, frans chevaliers [vaillan !
Oger de Danemarche, li cors Deu te cravant !
Tu as mort mon neveu, que je amoie tant.
Si je puis esploitier, tu en seras dolant ! »
Dont broche le cheval des esperons d'argent,
Et a brandi la lance ; si le va paumoiant,
Et féri Engerran en son escu devant,
De sos la bocle à or li ala porfendant,
Si que parmi le cors li va outre bourant ;
Mort l'avoit abatu de deseur l'auferrant.
Outre dist-il : « Cuivers, ja n'en irés gabant. »
Puis est passés avant , n'i ala atarjant,
Et a sachié l'espée à or reflemboiant,
Et féri .I. François sor son hiaume luisant;
De si en la cervèle l'ala tot porfendant.
Mort l'avoit abatu très devant Galerant.
Puis crie Rossillon à sa vois hautement :
— « Por l'amor Dame Deu, baron, ferés avant! »
Atant esvos Doon à esperon brochant,
Et le duc d'Aigremont, et Aimon le vaillant.
Là pensiés veoir .I. estor si pesant,
Tant chevalier abatre et ocirre à torment ;
De sanc et de cervèle va la terre jonchant,
Et l'un mort de seur l'autre à la terre gissant.
Et tant chevaus i va ses reines trainant ,
Que estraier s'enfuient : de seigneur n'ont [garant.

Sé li dus est dolans, ne cuid Karles s'en vant.

Forte fu la bataille aval, parmi le pré.
— « Dame, dist li dus Bues, qui portas le fil Dé!
Vos me gardés mon droit, que ne soie afolé,
Et donés que je vainque l'emperéor membré,
Tant que soions ensamble bonement acordé,
Qu'il s'en voise arière, en France, son reigné! »
Lors a li dus s'ensaigne hautement escrié.
Atant esvos Girart et Aymon l'aduré.
Li dus Bues d'Aigremont ne s'a asséuré.
Il broche le destrier; s'a l'escu acôlé.
Et Richars li Normans est contre lui alé.
Ambedui s'entrevienent par vive poesté.
Les lances furent roides, li espie ancoré,
Et li cheval sunt bien endui entrecoutré;
Et li vassal sunt fier et de grande bonté.
Sor les escus à or se sunt grant cop doné,
Que des aïs et del cuir i a petit duré.
Li hauberc furent fort, quant il ne sunt faussé.
Si forment s'entrehurtent li vassal aduré;
Li arçon sunt rompu et li poitral quassé.
Des hiaumes se hurtèrent; si se sunt estoné
A poi que de lor chies ne sunt li oeils volé.
Par en sont les chevaus, qui furent séjorné.
Se sunt li dui vasal abatu ens el pré.
Pour .I. seul petitet qu'il ne sunt afronté;
Moult bien poist-on estre demie liue alé.
Ençois que li baron se fussent relevé,
De la grande envaïe furent tot estoné.
Dam Richars li Normens est primes remonté,
Et dus Bues d'Aigremont n'i a point demoré.
Par droite vive force a son cheval coubré.
Ja i aura dolor, sé Dex n'en a pité.
A tant vint l'emperères: s'a Monjoie escrié.

—« Ahi ! Bues d'Aigremont, où estes vos alé?
Malvais cuivers ! traitres ! com m'avés mal
[mené !
Mon fil m'avés ocis dont j'ai le cuer iré. »
Li dus ne l'oï mie ; d'autre part est torné.
Et Charles laise corre le destre abrivé.
Si ala férir comme en son escu listé,
Et cil fu niés Girart, et de sa seror né.
Moult fu vassaus as armes et de grande bonté.
L'emperères le fiert en son escu listé :
De sos la boucle à or li avoit estroé,
Et l'aubert de son dos dérot et désafré,
Si que parmi le cors li a l'acier passé.
Mort l'avoit abatu très en miliu del pré.
Outre dist-il : —« Cuivers ! vos avés comparé
La mort de mon cher fil, que tant avoie amé. »
Puis escrie : — « Monjoie ! ferés i mi privé !
Que Bueve soit ocis et à honte livré ! »
Et il si font tantost, que n'i sunt demoré.
Là véissiés estor et grant mortalité,
Tant vaillant chevalier à la terre versé,
Qui jamais à nul jor ne seront restoré.
Là poissiés véoir tant home esboelé,
Tant vaillant chevaliers ocis et craventé,
Qui puis ne vit sa fame, ne tot son parenté.
— « Sainte Marie ! dist Girart l'onoré,
Garissiés hui mon cors, que ne soie afolé !
Que ne me prende Karles, li fors rois coroné,
Ne moi ne mes .III. frères, que je ai tant amé. »
Donc a brandi sa lance, s'a le cheval hurté,
Et fiert .I. home, Oger, en son escu listé,
Que tot li a fendu et tot escartelé,
Et le haubert del dos li avoit très faussé.
Li fers contre l'acier a moult petit duré.
Parmi le gros del cuer li est l'acier passé.

Mort l'avoit abatu du destrier sejorné.
Puis crie : — «Rossillon ! cist a son tens finé ! »
A tant esvos sa gent, qui n'i sunt demoré,
Es gens le roi se fièrent : n'i ont plus aresté;
A icele envaïe ont feru et chaplé.
Li estors fut pesans, tant cop i ot doné,
Tans hom il fu le jor parmi le cors navré !
Et de .II. pars i fu moult grande la fierté.
Atant parti des rens dus Bue l'alosé
Et escrie : —«Aigremont ! Karles où i est alé?
Mon neveu m'as ocis, que tant avoie amé !
Jamais ne serai liés, si l'auras comparé. »
Karlemaine l'oï : si s'est des rens sévré.
—«Or en soit Dex au droit, » dist Bue l'aduré.
—«Certes, ce dist li rois, ja te sera monstré
Qu'océis as mon fil com traitres prové ! »
Le cheval laisse corre; par erre l'a hurté,
Et a brandi la hante, dont li fers fu quarré.
Et li dus contre lui ne l'a pas refusé.
Grans cos se sunt doné en lor escus listé;
Desous les boucles d'or les ont frais et quassé.
Fort furent li hauberc, quant il ne sunt faussé.
Et li cheval se sunt durement encontré,
Que sor les rains derrière se sunt arçoné.
Embedui li vasal sunt à terre versé.
Karles ressailli sus, li bons rois coroné.
Et a traité l'espée, qui li pent au costé,
Et vait férir Buevon parmi l'iaume geminé,
Que les flores et les pieres en a jus craventé.
Mais li hiaumes fu fors ; ne l'a mie entamé.
Li brans glaça aval du sénestre costé,
.C. et .L. mailles a de l'auberc copé,
Et le vassal avoit .I. petitet navré.
L'esperon à fin or li a del pié osté,
De si qu'en la terre n'est li brans aresté.

Damedex le gari par la sine bonté !
Non porquant si l'a il del cop si estoné,
Par force le covint agenoillet el pré.
Mais tost ressailli sus li vassal honoré,
Et a traité l'espée, dont li brans fu lestré.

Li bons dus d'Aigremont sus ressailli errant.
Dolans fu li bons dus, quant a véu son sanc.
Se venger ne se puet, ja se tenra pour lent.
Il vait férir le roi sor son hiaume luisant ;
Le cercle li copa, ki fu fors et tenant.
Mais l'iaume n'empira la montée d'un besant :
Li cos glaça aval desor l'escu luisant,
Le quartier par devant li ala jus copant
.C. et .L. mailles de l'auberc jazerant.
Li dus Buef s'escria : — « Mal vos est cove-
[nant !
Jamais en vostre vie ne serés retornant,
Ne verrés en Paris Loys, vostre enfant. »
Quant l'oï l'emperères, s'en ot le cuer dolant.
L'espée leva haut, qui ala flamboiant,
Ja en férist le duc parmi l'iaume luisant.
Quant esvos à travers Oger et Guinement,
Girart de Rossillon et si apartenant,
Et Naime à la barbe, et le duc Galerant,
Et les neveus Girart, Foucon et Engerrant,
Et li preus Amadeus, qui tant parfu vaillant.
Cil vinrent vers Karles, l'emperéor poisant.
Li rois saute el cheval, ne s'ala atarjant,
Et escrie : — « Monjoie ! » hautement en oiant.
Esvos par la bataille dam Richart le Normant,
Et alonge l'espie, qui fut fort et tenant,
Et va férir Girart en son escu devant ;
Desous la boucle à or li ala dépéçant,
Et le hauberc du dos li ala desmaillant ;

Lés le costé li met son bon espie tranchant,
De la char li trancha plaine paume tenant,
Li sans vermans li file pardessos l'auberc blanc.
Li dus Girart le vit ; si l'en pesa forment.
Li quens Doon de Nantueil et Aimes li ferrant
Par défers la bataille vont leur frère menant.
Trèves mandent à Karles jusk'à l'aube aparant,
Que li jors fu faillis, si ala a vesprant.
Par le conseil Naime lor ala otriant.
Les ost sunt départies : Karles remaint atant,
Et Girart s'en repaire à son tref maintenant.
Le hauberc li deslacent et le hiaume luisant.
Durement fu navrés sor son sénestre flanc.
—« Baron, ce dist li dus, n'i ait dementement.
Nos avons tort vers Karles, l'emperéor poisant.
Ja est ce non droit, sire, franc chevalier vail-
[lant.
Acordons nos au roi par le mien loément.
Droit et raisons ferons, par le cors saint Amant!
Et sé il ne le fait, soions pieu et sachant :
Li tors ira sor lui, si ira malement.
A lui nos combatrons ens el pré verdoiant.»
—« Sire, c'est bien à faire, dient li combatant.
Fouques et Amadex i voisent maintenant. »
Et cist sunt apresté ; ne se vont délaiant.
Sor les muls afeutrés i vont esperonant.
Portèrent rains d'olive : c'est sénéfiement
De pais, d'umilité, qu'il la vont quérant.
Jusk'à l' tref Karlumaine ne se vont atarjant.
Karles sist au disner o Naime le ferrant.
Fouques, li niès Girart, a parlé hautement.
—«Cil Damedeu de gloire, qui fist Eve et Adam,
Et terre, et ciel, et lune à son commandement ;
Ki por nos racheter sofri paine et haan,
Il sauv le meillor, qui onques fu vivant.

De par Girart le duc, sé vos vient à talent ;
Pais et amor vos quiert pour Deu, le roi aimant.
En la vostre merci s'ira Bueve metant,
Et seront en ostage .C. chevalier vaillant.
Jamais tant com il vive, n'à vos, n'à vostre gent
Ne forferà li dus la montée d'un besant.
Au sépucre en ira, sé tel est vos commant ;
De vos tenra sa terre et tot son chasement,
Si pardonés la mort Loiher le combatant.
De Doon de Nantueil vos redi autretant.
Lor neveus avés mors a vos acérin branc :
Laisiés les autres vivre, pour Deu le tot poissant ! »
Et quand li rois l'oï, si se va embronchant.
D'une grande loée n'ala .I. mot sonant.
Et quant il a parlé, si cria hautement :
— « Par Deu, Fouques, dit-il, je n'en ferai [noiant.
Sé puis tenir Bueve, pendus sera au vent :
Mar i ocist mon fil, que je amoie tant. »
— « Sire, dist li dus Naime et li dus Galerant,
Car pardonés la mort por Deu, le roi amant. »
Tant parlèrent ensemble et Richart li Normant,
Karles lor pardona por Deu le tot poissant.
Fouques et Amadex s'en retournèrent atant,
Et ont dit à Girart trestot par avenant :
— « Sires, Karles vos mande, et duc Bueve le [poissant,
Et Doon de Nantueil, et Aimon le saichant,
Que vos ailliés à lui : ce nos a covenant.
Trestous vos pardonra la mort de son enfant.
Et devenés ses hom, de cest pas en avant. »
Commes li dus l'oi, si saillit en estant.
— « Damedex, dist Girart, voirs pères tost pois- [sant !
Vos en merci je, sire, que honor m'as fait grant ! »

Girars et li baron, et si frère autressi,
Tot nu se dépouillèrent, si com je entendi.
Tot nuz piés et en langes en vont au roi issi.
.IIII^{M}. et .VII^{C}. des loges en parti,
Dusk'à l'ost Karlumaine ne se sont alenti.
Et quant li rois les vit, si en fu amati.
— « Hé Dex! ce dist li rois, et quel gent sunt
[ce ci? »
— « C'est dus Bues d'Aigremont, dist Naime li
[flori,
Et si frère tost troi, ce sachiés, avec li.
Sire, frans emperères, il vos parlent merci.
Pardonés lor la mórt vostre fil qu'est péri. »
— « Naime, dist l'emperères, car nos partons
[d'ici,
Et allons encontre aus : ne soions atapi. »

Naime et l'emperères, et li autre baron
S'enpartirent de l'ost, qu'il n'i ot ocoison,
Et s'en vont contre ceus qui vienent de randon.
A genoillons se mist Girart de Rossillon,
Et dus Bues d'Aigremont, et Aimes, et Doon.
— « Merci! frans emperères, ce dient li baron.
Pour la pitié de Deu, pour la surrection
Dont il resuscita le cors saint Lazaron,
Que vos nos pardonés! vo corrons abandon;
De cest pas en avant moult bien vos serviron,
Et en toutes batailles, bons rois, vos aideron,
Et ici de sor sains certes vos jureron
Que jamais, en nos vies, rien ne vos forferon.»
Et quant Karles l'oï, s'abaissa le menton.
Les barons releva bonement sens rençon,
Par itel covenant, comme nos vos diron,
Qu'il l'iroient servir tot à l'Acension.
— « Seignor, dist Charlumaine, entendés ma
[raison.

Vos me venrés servir à Paris ma maison,
Si que bien le verront mi prince et mi baron.»
Et li frere respondent : — « Vostre comant fe-
[ron. »
Atant sunt departi, que plus n'i ot tençon.
Et li .I. baisa l'autre par bone entencion.
Li ost se départit entor et environ.
Karles vint à Paris, Girars à Rosillon,
Et Doons à Nantueil, dus Bues à Aigremon.
En pais cuidèrent estre icil gentil baron.
En France ot .I. linage, cui Damedex maldon !
Ce fu Griffon d'Autefueille et son fil Guenelon,
Beranger, et Hardré, et Hervi de Lion,
Antiaumes li felon, Fouques de Morillon.
Vindrent à Karlumaine : si l'ont mis à raison :
— « Par ma foi, emperères, moult nos esmer-
[veillon
Que vos amés issi le bon duc d'Aigremon,
Qui ocist vostre fil com traitres félon.
Quant vos li pardonés, moult nos en émerveillon.
Sire, frans emperères, car en prens vengisson !
Et sé le weus graer, moult bien t'en aideron ;
En itel manière ja reste n'en seron. »
— « Baron, dist Karlumaine, ce n'est mie raison,
Puisque à maisme somes que issi l'ocion. »
— « Si est, par ma foi, sire, ce respondi Foucon,
Car il ocist ton fil par mortel traïson.
Il en doit bien morir qu'issi l'otrion;
S'or en avons l'otroi de vos, si gaiteron
Ens el chief de Borgoigne, ès vaus de Florion.
Là serions à costé par dejoste le mont,
Et serons ovec nos .CCCC. compaignon.
Et sé il nos eschape, ce sera derruson. »
Et respont l'emperères : — « Moult très bien
[l'otrion.

Alés délivrement ; s'en prendés vengison.
Sé m'en poés venger, je vos donrai gent don.»
Et çil ont respondu :— «Vostre commant feron.»

Li plais fu otriés et li murdre est graé;
Li gloton de la cort sunt parti et sévré ;
En lor païs repairent : bien se sunt porgardé.
Il aünent lor gens ; lor parent sunt mandé,
Tant qu'il furent .VII.C qui bien furent armé.
Es plains de la Borgoing là se sunt atravé.
El brueil de Floridon en sunt trestot entré.
Lor chevaus i avoient de hénir bien gardé.
Or vos lairons de ceus ; Dex lor doint grant [vilté !
Si vos dirons del duc d'Aigremont la cité.
Ce fu après la Pasque, à l'entrée d'esté ,
Que li oiselon chantent el parfont bos ramé ,
Que li dus d'Aigremont se fu bien atorné
Pour venir à Paris, la mirable cité.
.C. barons de sa terre avoit li rois mandé ,
A haubers et as hiaumes, et as brans acéré.
D'Aigremont départirent à l'entrée d'esté ,
Et trespassent la terre et le païs pueplé,
Ès plains de Souvigni la se sunt aresté.
Illuec sunt descendu li vassal aduré ,
Et racesment lor armes ; ès chevaus sunt monté.
Or les conduie Dex, li rois de majesté !
Qu'a parmain auront .I. fort estor morté,
Tant ont li chevalier chevauchié et erré
Qu'el plain de Floridon en sunt venu el pré.
Pensant et cheminant, vont le chemin ferré.
Li dus garda sor destre, si avoit ravisé
L'ensaigne Guenelon, le traitor prové.
— «Hé Dex ! ce dist li dus, bons rois de majesté,
Je voi la une ensaigne joste ce brueil ramé.

Car descendons à terre; si soions fer armé.
Je me dont durement, ja ne vos iert celé,
Que Karles ne nos ait le passage encombré. »
Et cil ont respondu : — « Or avés bien parlé. »
A tant sunt descendu li vasal aduré;
Mais encois qu'il soient fervestu et armé,
Lor est l'agait saillis del parfont grant ramé,
Et crient Hautefueille, li traitor prové :
— « Mais véistes la mort dam Loiher l'aduré,
Qui fu fils Charlumaine, le fort roi coroné ! »
Quant l'entendi dus Bueve, tos en fu trespensé :
— « Traitor, dist li dus, Dex vos doint mal dahé !
Ençois que je i muire, l'aurés cher comparé. »
Dont a brandi la hante, s'a l'escu acolé,
Et fiert .I. traitor en son escu listé.
De sos la bocle à or li a frait et troé,
Et l'auberc de son dos li avoit dépassé,
Si que parmi li cors li est li fiers colé.
Mort l'avoit abatu très en miliu du pré.
Outre dist-il : — « Cuivers, ni aiés mal dahé !
Por amor Karlumaine, as or ton tans finé. »

Forte fu la bataille et fière l'envaïe,
Et greveuse à sofrir tres emmi la chaucie.
La muérent et trébuchent chevalier à haschie.
Li traitor s'esforcent, cui Damedex maldie !
Et Grifons d'Autefeuille à haute vois s'escrie :
— « Li dus Bues d'Aigremont, vos ne le garrés [mie ! »
Dont embrace l'escu sa lance amont drécie,
Et fiert .I. chevalier, qui avoit non Elie,
Que l'escus de son col ne li vaut une alie,
Ne li haubers del dos une pome porrie.
Parmi le gros del cuer son roid espie lignie.
Mort l'avoit abatu del destrier de Surie.

Outre dist il : —« Cuivers, li cors Deu te mau-
[die ! »
Dont escrie s'ensaigne : — « Ne vos atargiés
[mie ! »
Atant esvos venus tex .C. de sa mainie ;
De la gent au duc Bue i font grant desseplie.
Tant en ont abatu , je n'en sai conter mie.
De sanc et de cervèle i est l'erbe jonchie.
L'uns mort chaï sor l'autre à moult grande as-
[chie.
Atant es Berneçon poignant par la chaucie.
L'escu tint preis de lui ; si ne coarde mie,
Et vait férir Buevon sor le targe florie,
Si qu'il li a percié et le maistre ais croisie ;
Mais li haubers fu fors qui fu fais en Rossie.
Et li dus feri lui conc n'ama coardie.
Ne haubers ne escus ne l' pot garentir mie.
.C. et .L. mailles de son hauberc li plie.
D'el sanc qu'ist de son cors est la sele moillie.
Del cheval l'abati en la lande enhermie.
Et li dus rechéït, qui qui plore ne qui rie.
Ençois qu'il remonte, aura mestier d'aïe

Li dui baron se sunt à la terre abatu,
Berneçons et dus Bues à la fière vertu.
En piés sunt resailli, qu'il ni sunt arestu.
Grans cos se vont doner des brans, qui sunt
[molu,
Que les flors de lor hiaumes ont à terre abatu.
Ja fussent entrocis li vasal connéu,
Quant de .IIII. parties i sunt la gent venu.
Tant pié i ot copé, tante teste sens bust,
Tant vaillant chevalier parmi li cors féru,
Et l'uns mors sor l'autre i chaï estendu.
De sanc et de cervele i corut grant palud.

La gent le duc Bueve i sunt moult descréu.
La moitié en sunt mort et de cest siècle issu;
Jamais ne rentreront là dont i sunt venu.
Et li vassal remontent lor cheval qui sunt crénu,
Et traient les brans nus, moult par i ont féru.

Remontés est li dus sor son cheval corant,
Poignant par la bataille isnel et remuant.
Et dist Grifon d'Autefueille : —« Tot somes re-
[créant!
Ja i morra de duel, sé ne somes venjant!
Baron, alés avant! ne soiés atargant!
Et si ferés Bueve sor son escu devant,
Et sé il vos eschape, par le cors saint Amant!
Dont porra il dire que somes recréant. »
Et cil li respondirent : — « Nos ferons vos co-
[mant. »

En Grifon d'Autefueille ot chevalier félon.
Il escria s'ensaigne : — « Car i ferés, baron! »
Et si firent s'emprès sans nul arestison,
Dont i ot grant bataille et forte chaploison,
Et fière la meslée, et forte ocision.
Et l'uns mors de sor l'autre i chaï à bandon.
Tant vaillans chevaliers i parut li poumon,
Tant i fièrent et chaplent, n'est sé merveille non.
Lors vont amenuisant la gent au duc Buevon.
Ne sunt mais que .LX., de verté le savon.
Esvos Grifon d'Autefueille brochant à esperon;
La lance porte droite, destors le gonfanon.
Emmi la greignor presse fiert le duc d'Aigremon;
Le haubers li faussa, com sé fust auqueton;
Lès le costé li met son espée à bandon.
Tant com lance li dure, l'abatit el sablon.
Li dus vost resaillir el destrier aragon,
Quant esvos à travers .I. traitor felon.

Fiert le cheval au duc ens el costé parfont,
Parmi le cors le met la lance et le pignon,
Tant soef l'abat mort, qu'il n'i fist braison.
Comme li dus le vit, si en ot grant friçon.
El ne le vossist mie por tot l'or d'Avalon.
Il a sachié l'espée, dont à or est li pon,
Et féri Elinant parmi son hiaume enson.
Trestot le pourfendit de si ens el menton,
D'el cheval l'abat mort : il ne dist o ne non.
Outre ce dist li dus : — « A Deu maléiçon !
Ja ne te venteras nul jor en ton roion,
Que tu m'aies tolu la monté d'un bouton. »
Ja fust montés li dus sor l'auferrant gascon,
Quant il vint à poignant Fouques de Morillon.
Et tenoit une lance, qui le fer avoit bon.
Le duc fiert à travers, sort l'aubert frémillon.
Le hauberc li faussa si com .I. auqueton;
Parmi le cors li met son vermeil gonfanon;
Tant com lance li dure, l'abatit el sablon.
Et puis s'est escriés : — « Car i ferés, baron.
Kar li dus est ocis, ki fist la traïson.
Se vos le comandés, le chief en porteron;
Devant Karlumaine si le présenteron. »
Et cil ont respondu : — « A Deu bénéiçon ! »

Or est li dus Bueve parmi le cors navré.
Et Grifons d'Autefueille sache le brant letré
Et fiert le duc Bueve parmi l'elme gémené.
La teste li copa ; si chaï ens el pré.
— « Or est Loihers vengiés, li vasal aduré ! »
Et li autre baron se sunt entrencontré.
Trestot i furent mort li baron honoré,
Ne mais .X. compaignons, que cil en ont sévré.
Cil ont pris le cors Bueve et en bière levé.
Arrier l'enporteront, que sor sains l'ont juré.

Cil s'en tornent plorant ; ni ont plus demoré.
O dolor et o cri, ce sachiés de verté,
Des jornées qu'il font n'i ara plus conté.
Tant ont par lor jornées chevauchié et erré,
K'à une matinée entrent en la cité,
Li baron qui l'en mainent : si se sunt escrié :
— « Hélas ! que devenrons, chaitif maleuré ?
Charles, li emperères de France le regné,
A fait tuer le duc par grant desloiauté. »
Esvos parmi la vile le cri en haut levé
De si qu'el chastel l'a on bien escouté.
La duçoise l'oï, si grant duel a mené !
De la tor avala ; n'i a plus demoré,
Et va contre la biere ; son seignor a trové.
Tantost le reconnut, comme l'ot avisé.
— « Baron, dist la duchoise, com vos est en-
[contré ?
Avés vos mon seignor avec vos amené ? »
Cil se dient il : — « Mort l'avons aporté. »
Quant la dame l'entent, plus a le sens dervé.
En haut s'est escriée : — « Dex ! qui le m'a tué ? »
Por la dolor, que sent, a maintenant pasmé.
Quant .IIII. chevalier l'en ont sus relevé.
— « Dame, ce dient cil, n'i ait plus démenté
Por l'amor Damedeu, le roi de majesté ! »

Grant duel maine la dame de Bue qu'est ocis.
Le paile sosleva et vit le cors maumis,
Et la teste copée, de sanc covert son vis.
Quant la dame le vit, li sans li est fuis ;
Sor le cors se pama et cria à haus cris :
— « Ahi ! qui vos a mort, francs chevaliers gen-
Damedex le confonde, li rois de paradis ! [tis ?
Ahi ! Karles de France, quel duel m'as el cors
[mis !

Pour qu'as-tu mon seignor par traïson ocis?
Ja aloit-il à toi ; de lui fusses servis.
Dex t'en rende mérite, qui en la crois fu mis !»
— « Dame, ce dist l'eveskes, laissiés ester ces
[dis.
Metés le cors en terre, que n'i ait terme mis. »

Par le conseil l'esvesque et la dame vaillant,
I firent .I. sarcu qui fu et bel, et gent,
Et aromatisèrent et bel, et gentement.
Dedans missent le duc sens nul atargement.
Assés i ont ploré cele menue gent.
De grant duel demener ne se targent noiant.
Or vos lairai de ceus qui tant ont marrement.
Si dirons des traitres, cui li cors Deu cravent!
Ki enportent la teste del duc Bue sanglant.
Li traitor errèrent sans nul arestement,
Et viennent à Paris à .I. ajornement,
De si qu'el palais n'arestèrent noiant.
La truevent Charlumaine ovec Milon d'Aiglant.
La teste li baillèrent et missent en présent.
—« Sire, ce dist Grifons, or oiés mon semblant,
Vés-ci la teste au duc, qui ovra malement,
Ki ocist votre fil desmesuréement. »
Comme Karles l'oï, s'el fist moult liéement.
—« Amis, ce dist li rois, ci a moult bel présent.»
Sé li rois en fu liés, puis en ot marrement.
Girart l'en gerroia, cui Roussillons apent,
Et Doons de Nantueil o le grenon ferrant.
Cil mandèrent à Karles moult grant desfiement.
Puis l'enchaucèrent-il le gonfanon pendant,
Dus que dessos Paris, en .I. pré verdoiant.
L'esperon ne donast pour plain .I. val d'argent.
Mais puis se racordèrent par le los de lor gent.
Gerart en fist yglises, je cuid , par bon talent,

Et Karles en ferma la cist de Bonevent.
Tant qu'il furent ensamble et ami, et parent,
Et qu'il s'entramèrent testot communaument,
Et vindrent à Paris et menu et sovent,
Et Kasles lor dona maint riche garnement.

Dus Aimes de Dordon, .I. gentis chevaliers,
Cil vint à la cort Karles, ne se vost atargier,
Et amena ses fius, qui moult sunt à prisier,
Aalars et Renaus, si les oï huchier,
Et Richars et Guichars, qu'il ot forment chier.
Lor mere la duçoise les fist apareillier,
D'escarlate vestir, à bons mantiaus d'ormier,
Et montent ès chevaus, qui sunt bon et corsier.
De Dordon départirent li nobile guerrier,
Et sunt en lor compaigne. CCCC. chevalier.
Tant vont par lor jornées le grant païs plenier,
De si qu'à Paris ne volrent atargier.
Charles fu el palais, l'emperère al vis fier.
O lui fu Galerans, et Naime, et Ogier,
Et li rois Salemons, et li rois Desier,
Et li rois de Hongrie, qu'on tint à bon guerrier.
Le jor i ot .VI. rois à corones d'ormier,
Et .XIIII. archevesques, oltre l'autre clergier.
Onques ne tint tel feste l'emperère au vis fier,
Puis l'eure qu'il porta sa corone premier.
Grant joie i ot menée sus el palais plenier.
Assés i ont joé Alement, et Baivier,
Et Normant, et Anglois, et Breton, et Poihier.
Onques mais tel empires, ce vos puis aficier,
Ne fus mais à Paris logiés sor le gravier.

Ce fu à Pentecoste, une feste joiant,
Que Karles tint sa cort : onques ne tint si grant.
Bien .VII. rois coronés i trovissiés séant.

Moult fu grande la feste sus el palais luisant.
Le jor porta corone l'emperéor vaillant.
Grant joie i ont mené li petit et li grant.
Mais encui iert en ire trestot li plus joiant,
Que li dus de Dordon, le viel chenu ferrant,
Descendit au perron sens nul atargement,
O lui ses .IIII. fils, qui furent de joent.
E tant est descendus chascuns de l'auferrant,
Et entrent el palais soef et belement.

Li bacheler vaillant sunt el palais entré,
Desi au maistre dois ne se sunt aresté.
Li dus s'en vint avant, qu'on tint à moult séné,
Et salue le duc de bone volenté,
De Damedeu de gloire, le roi de majesté,
Ki del limon fist Eve, Adan en ot formé.
Il saut et bénéie le meillor coroné.
Ki onques fust el mond n'en la crestienté,
Et ici son barnage, qu'il a aüné.
—« Je ai ci .IIII. fils, que vos ai amené.
Biau sunt et parcréu ; et si ont moult bonté ;
Et il vos serviront, sé il vos vient à gré. »
Comme Karles l'oï, s'a hautement parlé.
— « Aimes, ce dist li rois, bien soiés vos trové.
Benéoite soit l'eure qu'il furent engendré !
Et je les retenrai de bone volenté,
Et ferai chevaliers à la Nativeté,
Car il sunt mi ami et de mon parenté. »
— « Sire, ce dist li dus, vos mercie de Dé ! »
Comme Renaus l'oï, si est avant passé,
Vers les piés Karlumaine s'estoit li ber cliné.
Karles, nostre emperères, l'a amont relevé ;
La boche li baisa doucement et soué.
— « Enfant, dist Karlumaine, je vos ai moult
[amé.
Chevaliers vos ferai ; ja ne n'iert trestorné. »

— « Sire, ce dist Renaus, Dex vos en sache
[gré. »
Grant joie i ot le jor el palais honoré,
Assés i ont vallets et chanté et joé,
Mais, apreis la grant joie, furent trestot iré.

L'emperères de Rome, li rois de Monloon,
Si tint sa cort plenière à Paris, sa maison.
VII. rois i ot le jor o Rainbaut le Frison,
Et tant conte et tant duc trover i péust-on.
Vestu furent laiens de diverse façon.
Moult parfurent biaus Renaus, li fis Aimon,
Aalars, et Guichars, et Richars li baron.
L'emperères les vit; ses a mis à raison:
— « Enfant, dist Karlumaine, sens plus d'a-
[restisson,
A la Natevité chevaliers vos feron.
Donrai haubers et hiaumes, et escus à lion. »
Et Renaus respondi : — « A Deu bénéiçon! »
Hélas! miex li venist, que de fi le savon,
Qu'il les éust ocis ou bruis en charbon;
Que puis li fissent ire et grande marison,
Et destruissent sa terre entor et environ,
Et Karles les chaça del païs à bandon,
Et cil laissèrent France, qui qu'en poist ne qui
[non,
Et fermèrent chastel, sans le séu Karlon,
Desus Muese en Ardane, en moult haut liu et
[bon.
Là les suit li rois à coite d'esperon,
Et les chaça d'illuec el regne de Gascon.
Les retint en sodées li riches roy Yon.
Hui mais orrés chanter d'une bone chançon:
Onques meillor n'oïtes, pour voir le vos dison.
— « Renaus, dist Karlumaine, moult as gente
[façon.

El non de Damedeu, chevalier te feron,
Au matin, par sous l'aube, tantost com jor
[verron. »

Au matin, par sous l'aube, quant li jor parut
[cler,
Charles, nostre emperères, s'estoit pris à lever,
Chauça soi et vestit comme gentis et ber,
Et en vint en la sale; mais n'i trova son per.
Là furent roi et conte, li demaine, et li per;
Esveskes et abés i poïssiés trover.
Renaus, le fil Aimon, a pris à apeler :
— « Vassaus, dist Karlumaine, vos estuet ado-
[ber. »
Il demanda l'auberc, qui fu luisans et cler;
Et Renaus le vestit, qui fu gentis et ber.
Karles li laça hiaume, qui moult fist à loer ;
Oger li çaint l'espée, qu'il ama sans fausser,
Et Naime l'esperon, qui tant fist à doter.
L'acolée li done rois Salemons li ber.
— « Or Renaut, dist li rois, Jhésus te puist
[salver !
Damedex te consant, qui tot a à garder !
Garde envers ton seignor : ne weilles meserrer.»
Et Renaus li respont : — « Dex m'i laist si ovrer,
Que je l' doive servir, et il me puist amer ! »

Chevaliers fu Renaus, issi com vos oés.
.I. cheval li amainent, qui tos estoit faés.
Baiars avoit à nom : ainsi fut apelés.
La selle li fu mise et li poitraus fermés.
Onques ne fu tel beste à bors ne à cités.
Et Renaus i monta ; ne s'i est demorés.
L'escu pendit au col li vasaus adurés ;
En sa main une lance ; li fers fu acérés ;

Et Charles l'emperères, li fors rois coronés,
Si adoba les autres, que le vit ses barnés.
Haubers menus maillies i ot le jor assés.
Alaars et Guichars en ont .II. endossés,
Et Richars ensement ne si est demorés,
Et les brans acérins pendent à lor costés ;
Grans esperons à or ont en lor piés posés.
Karles li emperères, qui tant fu redotés,
Lor dona l'acolée, issi com vos oés ;
Moult les a li rois Karles celui jor honorés.
Hélas ! miels li venist qu'il les éust tués !
Que par aus ot il puis grandes iniquités ;
Li regnes d'environ est puis adolés.
A tante gentil dame fu mors ses avoés,
Et tant chevaliers mors, ocis et craventés,
Et puis les jeta Karles trestos fors del regnés.
Hui mais orrés chançon de grans nobilités,
De grans chevaleries, de fors estors champés.
Ce fu à Pentecoste, qu'est pleniers li estés,
Que li rois ot les frères de novel adobés,
Et donés bons chevaus et espiez noelés.
Karles li emperères a François apelés.
— « Baron, ce dist li rois, à moi en entendés.
Alés délivrement, la quintaine levés.
Si i ferons joster nos noviaus adobés.
Verrons com i feront des espies noelés. »
Et cil ont respondu : — « Volentiers et de grés. »
De Paris sunt parti sor Saine : vont es prés.

La quintaine ont levée par le commant Karlon.
De Paris sunt parti trestot li haut baron,
Li grant et li petit, dont i ot à fuison.
VII. rois i ot le jor, si com lisant trovon.
Sor Baiart chevauça Renaus, li fiuz Aimon.
Aalars et Guichars sens nule arestisson,

Et Richard li menor, ki ot cuer de lion.
Il sunt venu sor Saine trestot droit d'un randon.
Là furent assemblé François et Borgoignon,
Et Norment, et Poihiers, et Flamenc, et Breton.
Karles prist par la main Renaus, le fil Aimon.
—«Vassaus, et car i ostes, nos vos en semonon,
Ferés en la quintaine si que nos le véon.»
Et cil a respondu : — « A Deu bénéiçon!
Assés i ont féru et Norment et Breton,
Mais ne l'ont empirié la monté d'un boton.»
A tant s'est eslaisiés Renaus, le fiuz Aimon,
Et a brocié Baiart, qui li cort de randon,
Et a brandi l'espié qui fu agus en som,
Et fiert en la quintaine par tel devision,
Que l'escu a percié et l'estache déront.
De la terre esracha tot voiant maint baron.
Tot abat en .I. mont Renaus, cil de Dordon.
Quant le vit Karlumaine, moult par li sembla
[bon.
— « Renaus, dist l'emperères, moult esterés
[preudon.
Onques mieudres de vos ne chauça d'esperon.
Séneschal vos ferai de ma grant région.»
— « Vostre merci, biaus sire, dist Renaus, li
[frans hom,
Et je vos servirai en foi et sens tençon.»

La quintaine fu fraite et li gius est faillis.
Renaus, li fius Aimon, i ot grant los conquis,
Et Aalars aussi, et Guichars li marchis,
Et Richars tos li meures, qui estoit de grant
[pris.
Charles, nostre emperères, est arrière vertis ;
Dusk'al maistre palais ne si est alentis.
O lui mena Aymon et tos ses .IIII. fis.

Moult fu grande la feste el palais seignoris.
Li rois i done assés et du vair et du gris,
Et Aymes de Dordon palefrois et roncis,
Et Renaus garnemens riches et de grans pris.
Moult par i fu lors de grans et de petis.
Grant joie en fait li rois Karles de Saint-Denis,
Pour l'amour de lor père et de lor bons amis.
En la cort en ont maint, de ce soiés tos fis,
Dont il mestier auront ains que past li tiers dis.
Ce fu à lendemain que jors fu esclarcis,
Que Karles tint sa cort, l'emperère au fier vis.
Del vin servit Renaus et Aalars li marchis ;
Guichars porta le pain, et li preus Richardis.
Moult furent bien servi li chevalier de pris.
Chars ont et venoisons, et iert de graisse pris,
Et piment, et claret ont assés à estris.
Tuit bénéissent Karles, le roi de Saint-Denis,
Car piéça mais ne furent nul jor si bien assis.

Quant orent mengié li chevalier proisié,
Des tables sont levé, quant il orent mengié,
Et vont parmi la sale ; se sunt envoisié.
Assés i ot déduis, où sunt esbanié.
Mais après la grant joie furent trestot irié.
As eschés vont jouer où se sunt délitié.
Renaus et Bertolais ne se sunt délaié.
Il giuent as eschés sor le marbre entaillié,
Et tant i ont joé que puis se sunt irié.
Bertolais se corroce, si s'estoit marvoié,
Et a clamé Renaus fel cuivert renoié.
Une bufe li done ; li sans en espandié.
Comme Renaus le vit, si s'en est correcié.
Moult s'en failli petit qu'il ne l'a empirié.
Il vint à Karlumaine, si li chaït au pié :
— « Merci, sire emperères, de moi aiés pitié !

Vostre niès m'a féru si que je ai saignié.
De lui me faites droit, emperères proisié. »
Comme Karles l'oï, si en fu moult irié.
Malvais garçon, coart avoit Renaus hucié.

Quant Renaus entendi que Karles le laidoia,
Et que malvais garçon oiant tos l'apela :
— « Sire, dist-il au roi, quel merveille c'i a ?
Or laisons ce ester ; je n'en parlerai ja,
Mais de la mort mon oncle li parlemens sera,
Que féistes ocirre; dont malement vos va.
De lui vos demant droit, par cel qui nos créa.
Mi honcle et li miens pères s'amainèrent pieçà.
Mais endroit moi, dam rois, ne l' créanterai ja. »
L'emperères l'oï : forment s'en aïra.
Il a lévé son gant, Renaus féru en a ,
Si que li sans vermeus à la terre cola.
Comme Renaus le vit, arrière s'en torna.
Très en milieu la sale Bertolai encontra.
.I. esché Karles (1) a pris, durement l'en frapa,
Les iex li fist voler et si l'escervela ,
Que tos mors enroidis à terre trébuça.
Estes vos la grant noise qui el palais monta.
Karles en jure Deu que mar li ce pensa.
— « Baron , prendés le moi ! tantost pendus [sera ! »
La commence meslée, de ce ne dotés ja.

Moult fu grans la meslée el palais principé.
Le jor i ot maint cop et féru et doné,
Tant riche drap rompu et tant cheval tué ,

---

(1) Dans d'autres leçons, on lit : *un eschequier*, ou même *un eschekier carré*.

Tante bufe donée et tant baron frapé.
Renaus i fust luec pris, ne fust son parenté.
Vers Karles le tensèrent, qu'il ne fu mors jeté.
En demeutres qu'il sunt el palais si troblé,
Renaus s'en est fuis sor Baiart l'aduré.
Aalars et Guichars, et Richars l'onoré
De Paris se partirent, li vasal aduré.
Jamais nes tenra Karles, si en sera iré.
Tant chevaucent li conte, et itant sunt alé,
Qu'il vinrent à Dordon, là dont il furent né.
Si trovèrent lor mère, de cui il sont amé;
L'afaire li contèrent, comment il ont ovré.
Quant la dame l'oï, de dolor a ploré :
— « Hélas ! ce dist, chaitif ! maleuré !
Il ocirront vo père, sé il l'ont encontré !
Biaus fil, alés vos en, pour Deu de majesté !
Portés de mon avoir à moult grande plenté.
Ne soiés en danger de nul home carné. »
Et cil ont respondu : — « A vostre volenté. »
Et .CCC. chevalier en sunt o aus alé.
Quant Renaus s'en parti, de pitié a ploré.
Or oiés des barons comment il ont ovré.
De Dordon départirent li vasal aduré;
Tant ont par le païs et venu et alé,
Qu'il entrent en Ardane et parfont grant ramé,
Et en vinrent sor Muese, et ont .I. mont trové.
Une ewe ravineuse i cort par le chané.
Là firent .I. chastel qui fu de poesté.
.VII. ans i furent puis, c'est fine vérité,
Que n'en oï parler Charles, nostre avoé,
Quant Guions d'Aubefort l'avoit au roi conté,
Qui vint de Saint Romacle sor le chemin ferré.
Et Karles l'emperères ne s'est atapiné.
Ains a mandé ses ost d'environ et d'en lé,
Tant qu'il les aüna à Paris la cité.

—«Seignor, dist Karlumaine, or oiés mon pensé.
Je ai mes anemis en Ardane trové.
Nos en irons sor aus par vive poesté. »
Et cil ont respondu : — « A la bénéiçon Dé.»
De si à Monloon ne se sunt aresté.

A Monloon fu Karles, l'emperère al vis fier.
Là fu l'ost assemblée, qui moult fist à proisier.
Tantost com l'emperères vit le jor claroier,
Isnellement a fait sa gent apareillier ;
Et furent tost trossé li mul et li somier.
Le jor fist l'avangarde dam Guis de Monpellier.
Derier les font conduire Simon le mesagier.
Cil font par le rivage Karles bien espier.
L'emperère en apele le bon vassal Richier,
Et Guion de Biaufort, et le conte Rénier,
Richart de Normendie, et Naime le Baivier :
—«Baron, dist l'emperères, nobile chevalier,
Gardés que les Espaus (1) ne vos chaille à prois-
[mer ;
Car fées i conversent, à céler ne l' vos quier.»
—«Sire, nos l'otrions, dist Naime au vis fier.»
Lors font soner .II. grailes et .I. cor montenier,
Dont s'aresta li ost : ains n'i quissent sentier.
Les muls et les somiers cacent li péonier.
En la route chevauce maint nobile princier.
Serréement errèrent chascuns sor son destrier;
Trespassent le boschage et le pais plénier,
Entreci k'as Espaus ne se volrent targier.
Karles prist le destroit forment à resoignier.

---

(1) Le poète désigne sous ce nom la partie de la forêt des Ardennes où il place le château des quatre fils Aymon.

Mais bien les ont passés, qu'il n'i ont encom-
[brier ;
Et quant il furent outre, n'i ot qu'esléescier.
Li solaus fu moult chaus : Dez le fist claroier.
Et virent Montessor (1) ferme ens el rochier.
Li .III. frère Renaus repairent de chacier
De la forest d'Ardane .I. bos grant et plenier.
Richars portoit .I. cor d'ivoire montenier.
Bondins avoit Renaus : s'avoit moult chevalier.
Bien sunt d'une compaigne .IIII.XX. chevalier.
Et gardèrent sor destre devant eus el gravier,
Et voient les ost Karles, ki France a à baillier.
Quant il virent la rote, n'i ot k'esmerveillier.
Richart en apela le cortois Bérangier :
— «Por amor Dex ! biau sire, cui sunt cist che-
[valier?
L'autre soir, oï dire .I. cortois mesagier,
Qui venoit de Galisce, de Saint Jasque proier,
A Renaus le conta et à maint chevalier,
L'emperères de France doit venir ostoier.
Par le mien essiantre, ce sunt ci li premier.
Alons oïr noveles en cest chemin plenier. »
Et cil li respondirent : — « Bien fait à otrier. »
A iceste parole, point chascuns son destrier ;
Entre ci à la roche ne se volrent targier.
Guion ont encontré, qui venoit tot premier.
Richars l'en apela, qui le cors ot legier :
—«Por amor Deu! biau sire, ki sunt cist che-
[valier ? »
Et cil li respondi : —« A céler ne l' vos quier :
Home somes Karles, le fort roi droiturier.

---

(1) Château des quatre fils Aymon, nommé dans d'autres lieux : *Montfort*, *Montoisor*.

S'en alons en Ardane .I. chastel assiéger,
Que par force i ont fait li fil Aimon drécier.
Durement nos travaillent : Dex lor doit encom-
[brier ! »
— « Certes, ce dist Richart, je sui lor sodoier.
De tel parole dire ne vos ai pas plus chier.
Le païs et la terre vos doit bien chalengier.
Par Deu ! mar le pensastes, sé je puis esploi-
[tier. »
A iceste parole a brochié le destrier ;
Sor l'escu de son col ala férir Rénier,
Desous la boucle d'or li fist fendre et percier,
Et l'auberc de son dos dérompre et desmaillier;
El cuer li mist la lance à tot le fer d'acier ;
Tant com hante li dure, l'abat mort del des-
[trier,
Puis saisist le cheval par la regne d'ormier,
.I. poi se traist arrière, s'el baille .I. escuier.
A cel cop assemblèrent li autre chevalier.
Montessor ! escrièrent as lances abaisier.
La poissiés véoir fier estor commencier,
Tant hauberc jaserant desrompre et desmaillier,
Et l'un mort de sor l'autre verser et trébucier.
Tuit sunt mort et ocis, et vaincu li premier :
Ainc cil de l'avangarde ne lor orent mestier.
.I. mès s'en est tornés : s'el va le roi noncier.
— « Sire, drois emperères, moult vos doit
[anuier,
Li fil au viel Aimon ne se vellent targier.
Venu sont à la route vostre chemin brisier.
Richart vos a ocis le preu conte Rénier ;
S'enmaine vos harnais, que tant aviés chier. »
— « He Dex ! dist l'emperères, ai je perdu pre-
[mier ?
Or ne sai com ira avant del gaaignier ! »
Il en a apelé le bon Danois Ogier :

—« Por amor Deu ! biau sire, pensés de l'es-
[ploitier.
Entre vos et Naime et le conte Foucier,
Prenés $.II.^{M}$ barons de ceus que j'ai plus chier :
S'alés après Richart, je vos en weil prier.
Sé mon harnais enmaine, moult me doit anoier.
Si m'a fait de mes homes merveilleux des-
[tourbier.
.C. nos en ont ocis as espées d'acier,
Oltre ceus qu'il firent as piés trébuchier. »
Li Danois est montés et $.II.^{M}$ chevalier.
Après ens s'aretèrent le grant chemin plénier,
Mais ce ne lor vaut mie la monté d'un dénier,
Car Richart se set bien de l'ost eschergaitier.
De si à Montessor ne se vost atargier.
Renaus ala encontre : va son frère baisier,
Puis li a demendé belement sans dencier :
—«Richart, biaus très dous frère, dont vos voi
[repairier ?
Où fu pris cil harnais, nobile chevalier? »
Et Richart respondi, ki le corage ot fier :
—«En la moie foi, frere, à celer ne vos quier,
Je vos dirai noveles de vo grant désirrier.
L'autre jor, sor le pont, vos oï sohaidier
Que Karles l'emperères, qui France a à baillier,
Séust de vos noveles et de vos herbergier,
Et venist en Ardane vo chastel adségier ;
Encor vodriés guerre del tot recomencier.
Vos sohait est venus : il vos vient guerroier.
Ains chose sohaidiée ne vis miex adrécier ;
L'emperère de Rome est venus ostoier.
Ains, puis que Dex fu nés de la Vierge moillier,
Ne fu tex ost véue, bien le puis afichier.
Com il a amenée por vos terre essillier,
J'en oï or noveles en cel chemin plénier.

A ceus nos combatimes devant el front premier ;
Lor hernais lor féismes et guerpir et laisier.
Amené le vos ai ; si vos ara mestier. »
— « Certes, ce dist Renaus, moult vos doi avoir
[chier !
Bien doit on chier avoir, et loer, et prisier,
De quel part qu'il voise, qui sache gaaignier.
Issi se porroit on aloser et prisier ?
Montons nos en lassus, contremont cel terrier ;
As fenestres de marbre, qui tant sunt à prisier,
Si verrons les compaignes venir et aproismier. »
Et cil li respondirent : — « Bien fait à otroier ! »
Li frère en sunt monté sus el palais plenier.
As fenestres de marbre s'alèrent apoier.
A icestes paroles, esvos venu Ogier,
Ki iert apreis Richart venus por enchaucier.
Mais il iert el chastel ; ne le doute .I. denier.
Les portes firent clore, fermer et verreillier,
Et font les pons lever et contremont drécier,
Devant la barbakane la grant barre sacier.
Ogier voi que l'enchaus ne li aura mestier :
Arrière s'en repaire, ce va le roi noncier.
— « En nom Deu ! emperères, moult vos voi
[foloier,
Ki cuidiés Renaut prendre, souduire n'enginier.
Ja de plus fort chastel n'orrés jamais plaidier,
Que là ont fait fermer par desor le rochier.
Vos ne l' prendriés mie por les membres tran-
[chier. »
L'emperères l'entent ; prist soi à gramoier.
Il jure Damedeu, qui tot a à jugier,
Qu'il ne s'en tornera por Mars ne Février,
Tant k'ara pris Renaus, qu'il ne puet avoir
[chiér.
As forches iert pendus, nus ne l' puet respitier ;

Richart sera detrais à keue de somier,
Ki ocist Looïs à l'espée d'acier,
Et Renaud Bertelai au pésant eschekier.
—« Sire, ce dist Ogiers, pensés de vos vengier !
Car sovent vos ont fait péner et traveiller.»
Fel Gius de Morillon commença à hucier :
—«Sire, drois emperères, n'aiés soing de tar-
[gier !
Mais faites vos barons errer et chevalcier.
Environ Montessor faites vostre ost logier.»
Et respond l'emperères :—«Bien le doi otroier.»
Lors sonèrent .... et li cor monténier.
L'emperères de France pense de l'esploitier,
Tant qu'il vit le chastel fermé sor le rochier.
Les montaignes sunt hautes ; parfont sunt li
[gravier ;
Les praeries larges, li bos grant et plénier ;
Bien i peuent les pors et les lées chacier,
Et les cers et les bices berser et archoier.
D'une part li cort Muese, qui moult fait à pris-
[sier,
Où on prent les samons, quant on i veut pescier.
D'autre part est la roche, où n'i puet aprochier.
—«Hé Dex ! dist l'emperères, qui tot as à jugier,
Ainc mais en si fort liu ne vi chastel drécier.
Com sevent cist lor guerre fornir et esploitier!»
Il a dit à ses homes : — « Or pensés de logier.
Par le mien essientre ! tart iert li repairier. »
L'emperères descent del palefroi corsier :
Ogiers et li dus Naime li corent à l'estrier.
— « Baron, dist l'emperères, or vos weil jou
[proier,
Faites moi toute l'ost desor l'eve logier :
Chacuns tende son tref et pense de herbergier.
Tot ordonéement les me faites logier.

Mon tref me faites tendre dessos .I. olivier. »
— « Sire, ce dist dus Naime, bien fait à otroier. »
Dont véissiés en l'ost destrosser maint somier,
Paveillons, et aucubes, et maint tref desploier.
Il se tendent sor Muese, por eus mios aaisier.
Le tref le roi ont fait emmi le pré ficier.
Li penniaus par deseure fist forment à prisier.
.I. escharboclc i ot, que li rois ot moult chier.
Quant li ost fu logiée emmi le pré plénier,
L'emperères apele Naime, son conseillier :
— « Faites crier par l'ost qu'il n'i ait chevalier
Que de si à .VIII. jors monte sor son destrier,
Sé ce n'est pour son cors aler esbanoier.
Ançois que le chastel weille faire empirier,
Ferai as païsans de la terre noncier
Que la vitaille aportent, charretés et somier.
Or faites ma chapele delès le tré drécier :
Là proierons Jhésu, qui tot a à jugier,
Qu'il nos puist de Renaus, le fis Aimon, vengier.
Trop m'est preis arestés, il le compara chier.
Ja, sé Deu plaist, la roce ne li aura mestier,
Car nos l'afamerons ançois .I. an entier,
Si qu'il n'auront laiens à boivre n'à mengier. »
— « Sire, dist li dus Naime, miex poés esploi-[tier.
Emperères de France, prenés .I. messagier :
Envoiés à Renaus vo parole noncier,
Qu'il vos rende Guichard, son frère, qu'il a chier,
Qui vostre fil ocist à l'espée d'acier,
Puis le faites ardoir, ou ocirre, ou noier.
Por itant se porra de la fede apaier. »
— « Ha Dex, dist l'emperères, qui tot as à [baillier !
Com cil a bon conseil ! bien fait à otroier.
Mais del message avoir ne me sai conseillier. »

— « Sire, ce dist dus Naime, n'aiés soing d'es-
[maier.
Nos irons el message entre moi et Ogier. »
— « Naime, ce dist li rois, Dex gart d'encom-
[brier !
Car ainc ne me faillistes, quant j'oi de vos
[mestier. »
Ogier et li dus Naime se vont apareillier
A guise de message : ne se volrent targier.
Chascuns porte en sa main .I. raisel d'olivier.
Tresk'à la barbakane ne se volrent targier.
Aalars les escrie : — « Qui estes, chevalier ? »
— « Sire, ce dist dus Naime, nos somes messa-
[gier.
Si volons à Renaut parler et conseillier.
Charles nos i envoie, ki France a à baillier. »
— « Par foi ! dist Aalars, véer ne le vos quier. »
Il lor oevre la porte, le pont va abaisier.
Li baron i entrerent ; ne se volrent targier.
Aalars les emmaine contremont el solier.
La trovèrent Renaut; si le vont areisnier.
Ains de lui saluer ne volrent traveillier.
Naime l'a apelé, qui moult fist à proisier.
— « Renaus, li fius Aimon, lais ester le noisier.
Le message Karles te vodrions noncier :
Venus est vos chastel gaster et essillier,
Et sé il vos puet prendre, fera vos escorcier.
Envoiés li Guichart, que vos avés tant chier ;
Li rois le fera pendre ou en l'eue noier. »
— « Naime, ce dist Renaut, laissiés vostre plai-
[dier,
Que, par la foi que dois au baron saint Richier !
Sé tant ne vos amasse entre vos et Ogier,
Je vos féisse ja tous les membres trancier.
Guichart n'est mie pris : laisiés vo menacier.

Ains aura l'emperère d'amis moult grant mestier,
Qu'il puis nul de nos de noiant damagier.
Alés vos ent arrière : bien li poés noncier,
Pour lui ne ferions la monté d'un denier. »
Li dus Naime s'en torne entre lui et Ogier;
Desi à Karlemaine ne se voldrent targier.
Le message li rendent li baron chevalier;
Ce que Renaud manda ne volrent pas laissier.
L'emperères l'entent : le sens cuide changier.

Or est li emperères à Montessor venus;
Devant la maistre porte est à pié descendus.
Il n'i ot que .III. portes où siéges fust tenus;
A l'une fu quens Guis et Naime li chenus,
Et li quens de Nevers, et dam Ogiers, ses drus;
Et li dus de Borgoigne ne s'est mie esperdus:
A la tierce des portes est à pié descendus,
Et tot li hurepois; nus ni est remansus.
Là ont tant paveillons et tant bons très tendus,
Tant pennel et tant aigles à cercles d'or battus.
De cele part iert bien li siéges maintenus.
Devant l'emperéor fu Aime li chanus;
Por guerreier ses fis est illuec remansus;
Ne s'en partira mais; sés aura irascus.
Renaus est preus, et sages, et chevaliers mem-[brus.
Il a laiens ses homes, ses amis et ses drus.
Si ont haubers, et hiaumes, et lances, et escus,
Et bons destriers d'arrabe, auferrans et crénus.
Tant ont de lor aniaus, qu'en diroie-je plus?
Bien iert au tref le roi li estors maintenus.

Montessor fu asis par merveillos bofois.
Dex! com fu grans li pueples qu'i amena li rois!
Assés i ot Normans, et Bretons, et Tiois,

François, et Borgoignons, et Flamens, et Norois.
Mais de ce fist Renaus que preus et que cortois,
Que de ceus del chastel lor fu fais .I. défois.
Cachier vont el forès, el bos et el marois,
As sanglers et as cers, et as ours demanois ;
Peschent ès rivières, ès viviers et ès dois ;
Menguent venoisons et riches braons frois,
Et boivent les bons vins ; meillcr n'ot quens
[ne rois.
Sovent vont en riviere desor les palefrois ;
Portent faucons mués et ostors vienois,
Dont prenent les oisiaus à merveilleus esplois.
Renaus en apela Som de Vienois,
Venus iert en sodées et des suens .C. et trois.
Il li dist en riant : — « Çaiens somes destrois.
Charles nos a assis, et il et si François
Tos nos cuident tolir ça dedans nos conrois.
Il a mandé Guichart, mais ne l'aura des mois ;
Ne li envoieroie por trestot Orlenois. »
Vers le vallet s'abaise, s'el baisa une fois.
— « Guichart, je vos aim moult, certes et ce est
[drois.
Ne vos rendroie à Karles por tot l'or as Danois.
Faites appareillier les destriers orquenois ;
Si nos en issons fors devers ces Orlenois,
Sé je pooie prendre le conte d'Estampois,
J'en auroie grant joie, qu'il m'a fait mains
[anois. »

Or ont cil del chastel entendu et oï
K'au tref l'emperéor aront tornoi forni.
Il se sunt de lor armes moult gentement garni,
Et issent d'el chastel ; ni ot noise ne cri.
Au tref l'emperéor se furent esquelli,
Et quant François les voient, moult en sunt
[esbahi.

Aimes se vait armer, qui le poil ot flori.
Quant Renaus vit son père, moult ot le cuer
Il l'en a apelé à loi d'ome hardi. [mari.
Si li dist par contraire : — « Que quesistes vos
Verrai-je ja la terre où nos soions gari ? [oi ?
Moult nos cuidons estre eslongié et fui.
Forjuré nos avés, je le sai, tot de fi.
Ja n'auromes del vostre la monté d'un espi,
Et à vos herités avons del tot failli.
Cest chastel avons fait, si vos en poise si
Entre vos et Karles, le fort roi poesti,
K'ici m'a assegié, et il, et si ami.
Ja ne me déussiés tenir pour anemi.
No mère nos désire, qui soef nos norri.
Onques de son corage ne fumes jor ahi ;
Mais, par la foi que doi saint Thomas, que je
Qui ci vos amena mal vos a garenti : [pri !
Je vos donrai .I. cop de mon espie forbi. »
As contraires vint Karles : s'amena Aymeri
Et Naime le Baivier, et le conte Henri,
Fouques de Moreillon, que Renaut haoit si.
L'autre an, ocist son oncle au branc d'acier forbi.
Karlumaine i maine et Richier, et Gondri,
Et tel .C. chevaliers, qui sunt preu et ardi.
Ja sera li tornois ; bien en sunt aasti.
Des compaignons li roi virent se Tieri.
Cil fu très bien armés sor Blanchart l'arabi.
Li baron vont encontre parmi le pré flori,
Et Tieris point et broche le bon destrier braidi.
Del premier cop avoir ne s'est mis en obli,
Et va férir Richart ; ne l'a pas meschoisi.
Et Richart féri lui, qui le cuer ot hardi,
Qu'escus ne haubers ne l'a pas garenti.
El cors li mist la lance o tot l'acier forbi ;
Le cuer, qu'il ot el ventre, li en a .II. parti ;

Tant com hante li dure, del cheval l'abati.
Quant Tieris fu chéus, à terre s'estendi :
Ains ne pot clamer coulpe, ne prier Deu merci.
L'empererères le voit ; s'en ot le cuer mari.
Il a dist as François :—« Nos somes malbailli !
Trop nos ont cist gloton à mal faire aquelli.
Seignor, gardés qu'il soient richement envaï. »
Aimes point le cheval de corre entalenti,
Et fiert .I. sodoier del branc d'acier forbi,
Que la teste ot tot l'iaume li a el champ gali.
—« Pere, ce dist Renaus, ferés le vos issi?
Pieça vos et vostre home ne nos fustes ami !
Mais sor ne cuidoie estre de pechié malbaili,
Ja por prendre venjance n'alasse avant de ci. »
Li tornois commença de devant miedi.
Mainte bataille i ot, et maint estor forni,
Et tante lance fraite, et tant escu croisi,
Tant hauberc jaserant derot et desarti.
Li roial s'escrièrent :— « Biau sire, Dex merci !
Emperères de France, trop nos mes en obli !
Fais venir tos tes homes ! por coi atargés si ?
Ainc mais de tant de gent ne fusmes eskerni. »
Dont recuevrent François li chevalier hardi ;
La gent Renaut réussent .I. arpent et demi.
Quant Aalars le voit, moult ot le cuer mari.
Il a traite l'espée ; si a l'espie saisi.
Ja se vendra chier, ains qu'il voist d'iqui.
Li tornois fu moult fiers, quant il ont esbaudi,

Seigneur, icest tornois fist forment à doter.
Ainc n'i ot parantage, quant vint à l'assembler.
Là péussiés véoir tant ruiste cop doner ;
Tante roide hante fraire et tant escu troer,
Tant hauberc jaserant derompre et despécier,
L'un mort chaïr sor l'autre, trébuchier et verser.

Esvos par la bataille Huon de Saint-Omer :
Et sist el destrier noir, qui moult fait à loer,
Ne cuid qu'en toute l'ost trovast-on pas son per.
Il voit venir Guichart à loi de bachelier ;
De tant com ses chevaus puet vers lui randoner.
Li ala son escu et percier et quasser,
Que lui et le destrier estut tot chanceler.
Sa lance apeçoie ; si s'en vost retorner,
Quant Renaut li escrie :—« Lairés leu vos aler?
Sé il ensi s'en va, moult faites à blasmer.
Ne vos poés en moi de nule riens fier.
Je vos weil orendroit cest cheval demander.
Par mon chief ! je le vi à Baiart envier. »
Quant Guichart a oï son frère si parler,
Li cuers qu'il ot el ventre li prist à soslever.
Il a prise s'espée, quant cil s'en dut torner ;
De sor le hiaume à or li vait .I. cop doner,
De si qu'ès espaules ni laissa que coper.
Les arçons en a fait widier et délivrer,
Le cheval par les reignes est alés recouvrer.
Venus est à Renaut ; si li prist à monstrer :
—« Sé il vos atalente, or i poés monter.
Li chevaus est moult bons ; onques ne vi son per,
Fors seulement Baiart, qui tant fait à loer. »
—« Certes, ce dist Renaut, moult par vos doi [amer.
Montés i orendroit : laisiés le vostre aler.
Or avons .II. chevaus, où on se puet fier. »
Et Guichart i monta, qui ne l' vost refuser.
Mais ains qu'il se poissent de la place sévrer,
Vint Aimes de Dordon, li gentis et li ber.
Quant Renaus vit son père, le sens cuide deruer.
De maltalent et d'ire le prent à ramposner :
—« En la moie foi ! sire, trop faites à blasmer;
En trop malvais endroit nos venés revisder.

Ja n'est-il mie temps c'on doie parenter ?
Car tos nos estuet vivre d'acroire et d'enprunter.
Mais or vient la saisons que l'on doit aüner
Et le pain et le blé, et le vin entoner.
Au Noël puet on miols son ami esprover ? »
— « Glotons, ce dist li dus, je vos los à garder.
Sé Karles vos puet prendre, nus ne vos puet
[tenser
Qu'il ne vos face pendre, ou les membres coper. »
— « Ja, dus, verra li rois si ruiste cop doner ?
S'il de noiant vos aime, moult l'en devra peser ! »
Renaus si point Baiart ; va férir Guinemer,
Qu'escus ne haubers ne li pot contrester ;
Parmi le gros du cuer li fist le fer passer.
Et quant Karles le voit, le sens cuide derver.
Il broche le cheval, n'i vost plus demorer ;
Ja fera les batailles, sé il puet, désevrer.
Bien voit Karles tornoier ; ne puet preu recou-
[vrer.

Charles nostre emperères est venus as Fran-
[çois.
— « Car vos en retornés, baron, ce dist li rois.
Sé vos plus i estes, ja m'estera sor dois.
Ne sera mais la perte restorée des mois. »
Il prist la grant ensaigne, si la ploia en trois.
Ja s'en partissent tot Engevin et Mansois,
Quant par une bataille vint Bertrans li Puillois.
Et sist sor .I. destrier qui plus iert blanc que nois,
Et vait férir Soin, qui fu de Viénois,
Que l'escus ne l'auberc ne li valent .I. pois.
Il a mort abatu del bon destrier morois.
Esvos atant poignant des fils Aymon les trois ;
De la venjance prendre sunt en moul grant ef-
[frois.

A l'escrier des contes fu moult grans li tornois.
Ja i cherra de tex, dont dolans iert li rois ;
Que Bertrans i fu mors, et Garniers, et Gifrois,
Et tel .XV. des autres ne sunt pas des sordois.
Aalars point et broche le bon destrier norois,
Vait férir sor l'escu le comte d'Estampois,
Qu'il ne li valut le pris d'un estampois,
De l'auberc de son dos li desrompli les plois,
Que mort l'a abatu au destroit d'un marois.
Et quant Renaus le vit, si l'enclina .III. fois.
Lor chevauchent ensamble, si passent les des-
[trois.
Devant les paveillons fu moult grans li tornois.

Li tornois fu moult grans devant les paveil-
[lons.
La praérie iert grande ; les eslais orent lons.
La mainie Renaus s'escria à haus tons.
La poissiés véoir fières envaïsons.
Au fer et à l'acier i fu grans la tençons,
Là où li .IIII. frere tindrent lor gonfanons.
Entor eus assemblèrent trestos lor compaignons.
L'emperère de France escria ses barons.
—« Seignor, dist Karlumaine, por Deu ! que là
[ferons ?
Les chevaliers Renaus trovons fiers et felons.
Alons nos en arrière : si laisons les glotons,
Car cist tornoiemens ne nos est mie bons.
Preis sunt de lor recoit : si est fort lor mai-
[sons.
Alons nos en en l'ost, dedans les paveillons.
Trop sunt bon chevaliers : ja ensi nes prendrons,
Ne eus ne lor chastel, s'afamer ne l' poons.
Bien sai, de nule part ni venra garissons,
Sé parmi nos mains non ensi les destruirons. »

Et cil ont respondu : — « Vostre commant fe-
[rons. »
Ja s'en partist li rois sens nule arestisons.
Quant Renaus vint poignant sor bai ki fu bons.
Ensamble o lui ses freres, et ses autres barons.
L'emperères les voit, ne l' tint pas à bricons.
Merveilleus cos se donent par desor les blasons.

Moult est fors la bataille et li chaple sunt
[grant.
Bien i fièrent François, Angevin et Normant.
Et Renaus les acquit par son fier maltalent;
Et si frère et si home i fièrent ensément,
De si que lor herberges les enmainent férant.
Illuec ont pris Jociaume, Foucon et Guinement,
Le conte de Nevers, et Tiéri de Vernant.
Au chastel les envoient isnellement batant.
Sos Aimon de Dordon ont mort son auferrant,
Et li bers est chaüs, puis se drèsce en estant.
Et Renaus et si frère i sunt vénu poignant.
Et Ogiers li Danois li amainent ferrant
.I. cheval de montaigne, moult isnelle et corant.
Il en ot abatu Auberi le ferrant.
—« Sire, tenés cestui! s'en faités vós commant.»
Et Aymon i monta, qui le cuer ot joiant,
Et, racueillent les contes, ne se vont atargant.
Quant Renaus vit la force qui lor vint au-devant,
Il a dit à ses homes : — « Partons nos en a
[tant.
Sé nos plus i estons, dont iert la perte grant,
Ne sera restorée en tot nostre vivant.
Et cil li respondirent : — « Nos ferons vos
[commant. »
Arrière les enchauce : si les vait escriant;
Arrière s'en repairent à esperon brochant.

Et Karles les enchauce : si lor vait escriant ;
— « Si m'aïst Dex, gloton, ja n'i aurés garant !
Je vos ferai tos pendre à ce pin, là devant. »
Renaus oï le roi ; moult s'en va gramoiant.
Il a dit à ses frères : — « Baron, alés avant !
Je voi le roi venir à esperon brochant.
Il nos menace à pendre de dessor ce pin grant.
Ja li donrai .I. cop de m'espée tranchant.
Sé je le puis ocirre, joie en aurai moult grant. »
— « Sire, dient li frère, laissiés ester atant. »
Aalars le saisit par les reines devant.
En lor chastel s'en entrent baut, et lié, et joiant.
Et Karles s'en repaire tos plains de maltalant.
Entre lui et Naime moult ot le cuer dolant.
Li .IIII. frère furent sos el chastel au vant.

Or sunt li .IIII. frère en lor chastel entré,
Et il et lor baron se sont tot désarmé.
De lor prisons démainent grant joie et grant [barné.
Et Renaus a son frère moult sovent mercié
Del comte d'Estampois, qu'il li a mort geté.
Et Karles tint son siége par vive poesté.
Seignor, ce sachiés vos que je di vérité !
Puis furent .XXX. mois acompli et passé
Qu'onques ne se mut pour vent ne pour oré,
Et Renaus et si frère ne sunt si enserré,
Qu'el bos et en rivière n'aient lor volenté.
Moult chevaucent sovent, quant il lor vient à [gré
Chacier et arcoier parmi le bos ramé,
Et portent en rivière maint bon estor mué.
Et l'ost fut d'autre part logié enmi le pré.
Moult sovent et menu ont Renaus escrié,
Et li ber et si home sunt sor l'ewe aresté,

Et parole as François tot à sa volenté.
L'uns dit sovent à l'autre et orgueil et fierté.
Fouques de Morillon a Renaus apelé :
— « Vassaus, moult iestes fos ; bien vos ai es-
[prové,
Que vos contre Karles avés chastel fermé.
Il ne vos laira mie en pais vostre hireté. »
— « Vassaus, ce dist Renaus, trop en avés
[parlé.
Vos me haés de mort, je l' sai de vérité,
Car j'ocis Bertolai à l'eschesquier karré.
Certes je n'en poi mais : puis m'en a-t-il pesé
De lui et de Loiher, qui le chief ot copé.
Adonc me féri Charles, ce savés de verté,
Que le sanc de mon chief vi as piés avalé.
Del maltalent que j'oi, j'oi le vi embrasé,
Et saisis l'eskekier, dont avion joé,
Et féri Bertolai ; tost l'oi escervelé,
De sor moi desfendant, ja ne vos iert celé.
Or en parlés à Karles, le fort roi coroné.
Moult esteroit grant joie, s'estions acordé ;
Si riroie à ma mère, qui moult m'a désiré,
Et à Aymon no père, qui nos a forjuré. »
— « Par Deu ! ce respont Fouques, ains l'aurés
[comparé !
Por amor Bertolai aurés le chief copé. »
— « Vassaus, ce dist Renaus, bien vos ai escouté.
Trop m'avés menacié, ce samble malvesté. »
A iceste parole se sunt-il désévré.
Fouques de Morillon est venus à son tré,
Et Renaus et si frère sunt el chastel entré.
Et Karles fu en l'ost à son riche barné.
De si après l'Aoust, que tot vait li esté,
De l'iver, qui vint grans, sunt François tor-
[menté.

Karles, nostre emperère, ot le cuer adolé.
Il a l'arière ban de sa terre mandé ;
Et quant sunt tuit venu, si lor a bien monstré.
— « Baron , ce dist li rois , merci por amor
[Dé !
Des fius le viel Aimon, qui si sunt malmené ,
Qui ma terre m'ont arse et mon païs gasté ,
Cist chastiau est moult nobles et de grant ri-
[cheté.
Il ne séront ja pris, s'il ne sunt afamé.
Qui bon conseil sara, por Deu ! me soit doné ,
Et je ferai tot ce qui me sera loé. »
Tot se teurent li prince ; nus n'en à mot soné ,
Fors Names de Baivière, qui le poil ot mellé.
— « Sire, ce dist li dus, bien vos ai escouté.
De vos doner conseïl ne voi nul apresté.
Cuidiés vos que li conte soient si enséré ,
Qu'il n'aient laiens moult de lor volenté ? ».
Après parla Hervix (de Losenne fu né) :
— « Sire, drois emperère, moult vos voi mal
[séné ,
Que vostre empire tot avés ci assemblé.
S'or venoit une gent de cel autre roiné,
Ki entrassent en France par vive poesté,
Moult tost en seroient vostres chastels peuplé.
Mais faites une chose, sé il vos est loé :
Donés moi le chastel et toute l'ireté,
Et seulement .V. liues environ le reiné ;
Je vos rendrai Renaus ançois .VIII. jors passé.»
—« Hervix, dist li rois Karles, moult avés bien
[parlé.
Sé vos iceu me faites, que avés devisé,
Le chastel aurés vos ; ja n'en iert trestorné.
Si vos donrai avec Loon, ma fort cité. »
Hervix en a le roi durement afermé

Qu'il li rendra Renaus, ains quart jor ajorné.
Mais moult mauvaisement l'a Renaus averé.

Les fiances sunt faites devant l'emperéor
Qu'il li rendra Renaus ains que past le quart jor.
—« Ne vos asséurés, ce dist li souductor ;
Le matin par sos l'aube prendré vostre oriflor,
A Guion de Borgoine le chargiés par amor,
Et tex .C. chevaliers, qui soient de vigor ;
Por cel puis les conduie com hom plains de
[valor.
Gardés n'i ait mené ne noise ne tabor.
El chastel les metrai à l'esclaircir del jor. »
—« Volentiers, » ce dist Karles, li bon emperéor.
Tot droit à ses heberges s'en va le traitor :
Il a vestu l'auberc, lacé l'iaume forçor,
Et a çainte l'espée au mere sarazinor ;
Puis monta el cheval arrabi toréor.
A son col a pendu .I. escu point à flor,
Puis prist le roid espée au penon de color,
Et issi des esberges ; si pris congié des lor.
Vers le chastel s'en vint par dejoste la tor :
Ceus dedans apela ; si lor dist par amor :
—« Car m'acoilliés laiens, por Deu le créator !
Mellés me sui à Karles, le maine emperéor,
Tot por les fils Aymon, qu'il quiert deshonor.
Tel chose en ai oïe, dont al cuer ai iror. »
Quant cil l'oent dedans, moult en ont grant bal-
La porte li ovrirent devers le pont major. [dor.
Quant il ens le laissèrent, moult firent grant folor.
Hervix ont désarmé au perron sos la tor;
Mais ne targa puis gaires qu'il lor fist deshonor.

Or fu laiens Hervix el chastel hébergiés.
Li fil Aymon l'apélèrent ; assés fu aresniés.

—« Ne l' me célés vos mis, dist Renaut li proi-
[siés,
Comment est l'emperère de cest siège aaisiés? »
—« En la moie foi, sire, moult en est anoiés,
Del vent et de la pluie durement esmaiés.
Dusk'à .LX. jors les vostres repairiés :
Moult sera grans merveille, sé vos n'i gaaigniés.
Nos poursuivrónmes l'ost à la queue destriers.
Mar i vint Karlumaine : ja ne s'en ira liés. »
—« Amis, ce dist Renaut, forment me rehaitiés.
Moult auroie grant joie, s'il erent deslogiés.
Sé je l' puis desconfire, bien weil que le sachiés,
Jamais ne sera jor m'amistie n'en aiés. »
Dès ici jusk'au vespre fu cist plais si laissiés,
Que li mengiers fu près et bien apareilliés.
Cele nuit fu Hervix richement aaisiés.
Li chevalier se colchent; chascuns est traveil-
[liés.
Chevalchié ont le jor; les cols ont camoisiés.
Moult sunt tost endormi; ce fu diols et péchiés.
Hervix ne dormoit mie, li cuivers rénoiés,
Qui en liu de Judas fu laiens hébergiés :
Il est levés del lit où il estoit colchiés;
Venus est à ses armes; si s'est apareilliés.
Oés des eschargaites, com les a enguigniés.
Trestos lor a les pons avalés et baissiés.
Venus est à la porte, s'a les verrous lachiés;
Puis vint à la bresteschе : si s'i est apoiés,
Et à soie et à lime a les ainaus tranchiés.
Bien trai les barons, ce fu diols et péchiés.
L'emperères de Rome ne s'est mie atargiés :
.C. chevaliers a pris cortois et ensaigniés;
A Guion de Borgoigne les a li roi chargiés.
Porta la grant ensaigne, dont il se fist moult liés.
Poignant vers le chastel, s'en vint tot eslaissiés.

Et Hervix les i mist, li cuivers rénoiés ;
Par la porte del pont les a eus tos laissiés.
Il le pooit bien faire, qu'il en iert aaisiés.
Ceus del chastel eussent ocis et destranchiés.
Mar or oiés com Dex les en a respitiés !
Lor valet ièrent ...... quant chascuns fu col-
[chiés.
Li chevaus Aalart fu remès desloiés,
Et est venus as autres ; ses a moult traveilliés.
De la noise qu'il fait, s'est Guichart esveilliés.
Richart et Aalars saillirent tot en piés.
Li maistre huis de la sale fu tos desverroulliés.
Les haubers ont choisis clers et reflamboiés,
Et sunt venu au lit où Hervix fu colchiés.
Quant il ne l' truevent mie, chascuns s'est mer-
[veilliés.
Adonc se fu Richart de dormir esveilliés.
Aallars s'escria : — « Sainte Marie, aidiés !
Ahi ! Renaut, biau frère, com iestes enguigniés!
Hervix vos a traïs, lui cuivers rénoiés,
Et .C. de ceus de l'ost a ja la jus posés. »
Quant Renaut l'entendi, moult s'en est es-
[maiés.
Au plus tost qu'il pot, s'est vestus et chauciés,
Puis escrie ses frères : — «Car vos apareilliés !»
Dont s'armèrent ensamble. Sunt les hiaumes
[laciés :
Mais des Renaut n'i ot que .XXX. haubergiés.
Li autre sunt el borc ; ce fu deuls et péchiés.
Tot ièrent endormi, chascuns iert détranchiés ,
Sé Damedex n'en pense, qui tot a à bailliés.
Renaut dist à ses frères : — « Seignor, ça vos
[traiés !
Si cist palais alume, ja n'en estordra piés. »
Et Hervix esperonc les rues eslaisiés.

Cil qui sunt ovec lui, ont les nus brans sachiés;
Sus et jus, et par tot, ont les ostex cerchiés ;
N'en truevent nul el lit qu'il ne soit destran-
[ciés.
.XXV. chevalier sunt laiens destranchiés.
La vile est estormie et li cris enforciés.
Adonc fu li assaus merveilleus commenciés.
La véissiés ces huis et ces ostex brisiés,
Et ces haubers desros et desmailliés.
Le feu boutent ès rues : si esprent li marchiés.
Sur el maistre palais se fu moult tost fichiés.
Et quant Renaut le voit, moult s'en est esmaiés.
Il apela ses frères, si les a aresniés ;
Owec lui les enmaine, et serrés, et rengiés ;
Par la fause poterne s'en est jus repairiés.
Dex si croist à Renaut une paine si griés.

Renaus a la poterne soavet avalée,
Entre lui et ses frères de maisnie privée,
Et issent del chastel coiement à celée.
Et la vile fu arse, et la tor embrasée.
La gens qui fu dedans fu tot à mal tornée.
Tot sunt mort et ocis, n'i a nul célée.
Li escuier le firent come gent honorée.
A la fausse poterne finent lor aünée,
Et ont si bien la porte deffendue et gardée,
Onques rais n'i entra, n'ait la teste copée.
Et Hervix li traitres a sa gent assemblée ;
Tot droit al sosterin l'en a o lui menée.
Grans fu li chapléis, merveilleus à l'entrée.
Renaus, li fils Aymon, a la noise escoutée.
Il a dit à ses frères : — « Coardise est provée
Que nos nos enfuions tapi en recelée.
Nostre gent se combat : je l'ai bien escoutée ;
Sé ele i muert sans nos, grans iert la réprovée.

Mais car le faisons or comme gent honorée.
Que chascun les secueure au tranchant de
[l'espée. »
Et çil li respondirent : — « Si soit come vous
[agrée ! »
A iceste parole ont la roche montée ;
Tot droit al sousterrin vindrent à la meslée.
Là péust on véoir doner tante colée,
Et tant pié, et tant poing, tante teste colpée.
De sor les traitors est la perte tornée.
Aalars li cortois a la porte fermée,
Et la barre avant traite et par devant serrée.

Renaus fu o Hervix el chastel enserrés.
Entre lui et ses homes seulement enserrés,
Li fil Aymon les.... chascuns tos abrivés.
Là eussiés à véoir tant riche colp donés,
Et tante lance fraindre, tans escus estroés,
Tans haubers jaserans dérons et despassés,
Gésir par ces rues tans mors et tans navrés.
Tot sunt mort et ocis, n'en est pièce eschapés,
Fors Hervix, lui dissième, qui s'est à eus livrés.
Mais...... Renaus que preus et que senés.
Il........... esté en lonc charroi entrés.
.... en est o lui menés.
.... forment s'en est hastés.
... traitors......... contremont les alés.
.. l'ensaigne de joste, dont Karles fu irés.
Adonques fu Hervix en la place amenés.
.......IIII. bon destrier chascuns fu enselés.
Le traitor ont pris ; si fu si acesmés.
..... vos porrés oïr, sé croire me volés,
Li as piés et as mains ont gaus sains noés ;
As .IIII. membres fu èt liés et serrés.
Les .IIII. destriers ont maintenant atelés ;

Sor chascuns des chevaus est .I. valés montés.
Tos .IIII. ont les destriers brochiés par les cotés.
Moult fu en petit d'eure illuec déceplinés.
Issi fu le traitres ocis et desmembrés.
Le marrien des arsis ont trestos assembrés.
Il en fissent .I. refaire, qui bien fu alumés.
Là fu ars li traitres et en poldre ventés.
L'emperères le vit : si l'en pesa assés.
— « Hé Dex, dist Karlumaine, qui en crois fu
[pénés !
Si sui par ces glotons honis et vergondés.
Quant je les adobai, moult fis que fols provés ;
Mais je cuidai mes cors fust par eus honorés !
Ains ont mort mon neveu, dont je suis contro-
[blés,
Et m'ont pendus mes homes et au vent encroés
... m'ensaigne de joste, dont je sui vergondés.
Mais par icel apostre, c'on quiert en Noiron
[prés,
Jamais ne fuierai, sés aurai vergondés. »
— « Sire, ce li dist Fouques, par mon chief !
[droit avés,
Et Renaut est moult fols et trop desmesurés ;
Quant il pendit l'ensaigne, moult parfis que
[dervés. »
— « Voire, ce dist dus Naime, de ce sui-je irés.
Quant il s'en entremist, n'el fist pas par més
[grés.
Véés com ele baloie ! por Deu ! or esgardés ! »
L'emperères s'embrouche; vers terre s'est clinés.
Il ne l'esgardast mie pour .XIIII. cités.
Et Renaut et si frères en sunt as murs montés.
— « Seignor, ce dist li quens, à moi en entendés.
Bien nos vient, merci Dieu, qui en crois fu penés !
A poi que je ne suis ocis et afolés.

Ki bon conseil saura, por Deu ! me soit donés.
Cist chastiaus est moult povre, essilliés, et
[gastés,
Où solions avoir la joie et les bontés.
L'avaine avons perdue, et les vins, et les blés,
Dont j'estoie çaiens riches et asagés.
Sé nos plus i estons, ce sera foletés. »
Et cil li respondirent : — « Si come vos coman-
[dés.
Nos ne vos faldrons ja de quant que vos voldrés. »
A donc fu li hernas richement aprestés,
Et trestot li somier et chargiés, et trossés.
As escuiers les ont maintenant délivrés.
Puis vestent les haubers; sont les helmes fermés,
Et çaingnent les espées as sénestres costés.
Tant atandent ensamble que li jors est finés.
— « Baron, ce dist Renaut, sé vos plait, enten-
[dés !
Gardés que chascuns soit et sages et membrés.
Quans somes nos çaiens de chevaliers armés ? »
A .$^{C}_{VI}$. chevaliers les a Guichart esmés.
— « Certe, ce dist Renaut, nos en avons assés.
Parmi les Allemans serons ja aroutés. »
La nuit est parvenue, solaus est rescousés.
Il ouvrent les portes : Renaut s'en est tornés.
Baiars à lorisele fu devant lui menés.
Li baron s'en issèrent et l'esvos aroutés.
Renaut se regarda, qui preus fu et sénés ;
Son manoir a véu, s'el bénéi assés.
— « Chastiaus, ce dist Renaut, vos soiés hono-
[rés !
.VII. ans a acomplis que vos fustes fermés.
Moult ai éus en vos richetés et plantés.
Or m'en estuet issir, quant vos estes gastés.
Ce estant, sui-je plus correciés et irés. »

Por poi qu'il ne se pasme, tant estoit adolés !
— « Sire, dist Aalars, par mon chief! tort avés.
Já por chastel bastart grant duel ne demenés.
Ja ne verrés .II. mois acomplis et passés,
S'en aurés vos .I. tel qui miols valra assés.
.I. conseil vos donrai, sé croire me volés.
De ce ne faites duel, k'amender ne poés.
Mas chevauchiés à force, si vos acheminés. »
— « Frère, ce dist Renaut, bien sai que vos m'a-
[més.
Or soit donc mes harnais maintenant aroutés. »

Or ont cil del chastel le conseil entendu ;
Lor harnais aprestèrent ; si se sunt esméu.
Iriés fu l'emperère de ce qu'il ot véu,
De si qu'as Alemans sunt li baron venu,
Que li .I. ne li autre n'en orent nul véu.
Là furent li grant cop doné et despendu ;
Là ot tant cors sans arme, tante teste sens bust,
Tant hauberc jazerant desmaillié et rompu.
Quant li harnais fu outre, grant joie en ont éu.
L'emperère le content si ami et si dru
Que li fil Aymon sont fors del chastel issu.
Karles a commendé qu'il soient porséu.
Là ot tant paveillon et tant tref destendu,
Et tant somier chargié à force et à vertu.
L'enchaus lor commencèrent de sos .I. pin agu.

Vont s'en li fil Aymon; chascuns fu moult
[irés.
Li chastel ont guerpi, qu'el chastel fu fermés.
Mais de ce fist Renaut que preus et que senés,
Escuiers et valés ot trestos aroutés ;
Devant lui les envoie et rengiés, et serrés.
Et Karles les enchauce, et ses riches barnés.

Renaut dist à ses frères : — « De l'esploitier
[pensés !
Ves-ci François venir ! je les voi tous armés.
Aalars et Guichars, nos hernas enmenés.
Entre moi et Richart seromes arestés,
Et detenrons François, qui vienent à brivés. »
Et cil li respondirent : — « Si come vos comen-
[dés. »
Charles nostre emperères ne s'est mie arestés.
Il sist sor .I. cheval, moult fu bien adobés,
Et vient après les contes qu'il n'i est demorés,
Et Ogiers li Danois, et Naimes li barbés,
Fouques de Morillon et des autres assés.
Karles, nostre emperères, s'est à vois escriés :
— « Sé m'aïst Dex, gloton, vos ni garisterés !
Hui est venus li jor que tot .IIII morrés. »
— « Sire, ce dist Renaut, ce n'est pas vérités.
Sé Deu plaist et Baiart, sor coi je sui montés,
Ains que je soie mors, moult chier l'achaterés. »
Lors a brandie la lance, dont li fers fu quarrés.
Le cheval li trestorne ; si est vers lui alés,
Quant Hues li Baviers si est avant passés ;
Et Renaut le féri com vassaus adurés,
Que l'escu de son col li est frais et troés,
Et l'auberc de son dos desros et desafrés ;
Son espie li conduist très parmi les costés.
Pardevant Karlemaine chaït mors enversés.
Quant le voit l'emperères, forment en fu irés.
Et Renaut lor gauchist ; si s'en est dessevrés.
Après ses compaignons s'en va tot à brivés ;
Et Karles les enchauce et ses riches barnés.
.XIIII. liues longues les a ensi menés,
K'il n'i ot joste faites ne chevaliers tornés,
Ne Renaut ne perdit .II. derniers monéés,
Et vindrent à une aigue ; si passerent as gués.

Dusqu'Espaus en Ardane ne se sunt arestés.
L'emperères le voit ; s'est arrière tornés.
Il a dist à ses homes : — « Sui l'avons assés !
Baron, laissiés l'enchaus : nos destriers vos
[lassés.
Ja estera Renaus en Ardenois entrés.
Nos ne l' baillerons mais en trestos nos aés,
A .C. mile diables soit ses cors commendés !
Delès ceste rivière à nuit vos ostelés.
L'erbe est et bele et clerc, et larges est li prés.
Vos i poés bien tendre et paveillons et trés.
Li cheval paistront l'erbe que ci aval véés. »
Et cil respondent : — « Si soit com vos volés. »
L'emperères descent, ki fu grains et irés.
A l'estrier fu Ogiers et Naimes li barbés.
Le tref Karles tendirent Guinemens et Guivrés,
Et paveillons et loges i véissiés assés ;
Et firent les feus faire ; chascuns fu embrasés.
Li mangers Karlumaine fu près et conréés.
Moult fu bien herbergiés : et Renaus est passés,
La merci Deu de gloire, del roi eschapés.

Charles, nostre emperères, pense de herber-
[gier ;
Et Renaus passe l'eve, il et si chevalier.
Moult se fist cointement cel jor eschargaïtier ;
Traverse la montaigne et le grant val plenier.
D'autre part descendirent dessous .I. olivier :
Une fontaine i sort, ki moult ot gent gravier ;
Li blé i furent dru, et li erbe à faucier.
Por le liu, ki fu biaus, et tant fist à prissier,
S'arestèrent li conte, chascuns sor son destrier.
— « Seigneur, ce dist Renaus, ci fait bon esber-
[gier. »
Primerain descendirent sergent et escuier ;

Les armes lor baillèrent li baron chevalier ;
Mais ne se porent pas de vitaille aaisier.
Li cheval paissent l'herbe ; si se vont refroi-
[dier ;
Illuec se reposèrent de si à l'esclairier ;
Mais ainc n'i ot parlé la nuit de deschaucier.
Chasçuns fu tous armés, s'ot çaint son branc
[d'acier,
Desi que au demain, qu'il dut esclairier.
Dont leva sus Renaus il et si chevalier.
Il a fait maintenant sa gent apareillier,
Et furent tost trossé li mul et li somier.
En Ardane se fièrent, el bos grant et plenier.
Es les vos as Espaus asséur chevaucier.
Or puet nostre emperère asséur enchaucier,
Il ne l' baillera mais, de Mars, ne de Fevrier.
Ceus qui la nuit gaitèrent, se courent aaisier ;
De lès une montaigne se sunt alé couchier.
Bien sunt fors del chemin le trait à .I. archier.
Charles fu en son tref o Naime le Baivier ;
De lès l'ewe corant se vont esbanier.
— « Naimes, dist l'emperères, savés moi conseil-
[lier ? »
— « Sire, ce dist dus Naime, par le cors saint
[Richier !
Nos iromes arrière, s'el volés otrier. »
Atant esvos venu maint vaillant chevalier ;
Charles en appela Hyldelon le Baivier :
— « Baron, dist l'emperères, pensés de l'esploi-
[tier ! »
Quant li conte l'entendent, n'i ot qu'esléecier.

La praerie est gente et la rivière est grant.
Là sunt nostre François de si à l'ajornant,
Et li duc et li conte vindrent au roi devant.

— « Sire, que là feromes? dites vostre talant? »
— « Baron, laissiés l'enchaus : as maufès le
[commant.
Chascuns voist en son règne; tot soions repai-
[rant.
Gardés bien le païs, je l' vos pri et commant.
Sé li glouton i entrent, preu soiés et vaillant.
Tant les chaciés par force, quil soient récré-
[ant. »
Et cil li respondirent : — « Tot à vostre com-
[mant. »
Or sunt monté li conte; n'i vont plus atarjant.
Li ost est deslogié; si s'en tornent atant.
Karles vait à Paris, qui le poil ot ferrant,
Et descent au perron sos le pré verdoiant,
Et monte les dégrés de vert marbre luisant.
As fenestres s'apoie; s'apela Foukerant,
Foukon de Moreillon et Richart le Normant.
— « Baron, dist l'empereres, moult ai le cuer
[dolant
Des fius au vieil Aymon, ki si me vont menant.
Au chastel revendront, bien sai à esciant. »
— « Sire, ce dist dus Naime, ja ne l'iront pen-
[sant.
Entré sunt en Ardane, en cele forest grant;
D'iluec iront avant où il auront garant. »
— « Voire, dist Karlumaine, as maufès les
[commant!
Alés, prendés Ogier et Richart le Normant,
Foucon de Morillon, et Drivon de Guincent,
Congié doingnent François; si s'en tornent à
[tant. »
Et cil li respondirent : — « Tot à vostre com-
[mant. »

Or a nostre emperères son siége departi;
Droitement vers Paris a son oire aquelli,
Et li baron s'en sunt arrière reverti.
Chascuns vint en sa terre ; moult en sunt aiséi.
Et Aimes s'en repaire, qui le poil ot flori;
Traverse la montaigne ; si a le liu choisi,
Et vint à la fontaine, dont si fil sunt parti.
Es esclos s'en entra ; moult ot son cuer mari.
En Ardane s'en entre ; s'a ses fius acueilli.
De lès une montaigne, sos .I. rochier flori,
Trova ses .IIII. fius, qui preu sunt et hardi.
La nuit orent veillié, s'orent le jor dormi.
Aymes les aperçoit entre lui et Henri.
— « Gentils dus débonaires, par mon chief! vés
[les ci ! »
Aymes les ot parler ; s'en ot le cuer mari.
— « Hélas ! ce dist li dus, com m'ont cist mal-
[bailli.
Sé je lais ces glotons, puis que je les voi ci,
Parjure sui vers Karles ; ma foi li ai menti.
Damedex me confonde ! sé il en vont issi.
Las ! péchières dolans ! por quoi n'en sunt sui ?
Ja en iert la bataille, je le sai tot de fi,
Et se me fil i muèrent, moult aurai cuer mari.»
— « Sire, dist Hermenfrois, onques mais tel
[n'oï.
Dont ne l'avés vers Karles et juré et plévi,
Sé vos les poés prendre, qu'il seront malbailli ?
Nus hom de vostre éage, qui le poil ait flori,
Ne se doit parjurer por fil ne por ami,
Et qui son seignor boise, bien a Dieu rélenqui. »
— « Par mon chief ! dist li dus, je vos ai bien
[oï.
Jamais n'i aront trives : orendroit les desfi ! »

Quant Aimes ot ses fius en Ardane trovés,
.II. chevaliers apele del miels de ses privés :
—« Baron, alés à eus, et si les desfiés. »
Et cil li respondirent : — « Si com vos co-
[mendés. »
Des palefrois descendent ; ès chevaus sunt mon-
[tés.
Cele part sunt venu chascuns tos aïrés,
Et quant Renaus les vit, moult en est esfraés.
Il a dist à ses freres : —«Baron, car vos armés.
Ci voi .II. chevaliers venir tot à brivés ;
Je ne sai qu'il wellent, ne quels est lor pensés,
Car d'Aymon nostre père les vi orains sévrés.
Tant conois le viellart et ses ruistes fertés,
Par le mien escient, ja s'iert à nos meslés. »
— « Certes, ce dist Guichart, vos dites verités !
Hom, que l'on het de mort, n'iert ja asséurés.»
A tant esvos poignant les .II. tos abritiés ;
Quant il voient les contes, sés ont araisonés.
— « Sé m'aïst Dex, seignor, trop vos voi mal
[sénés.
Vés ci Aimon vo père, qui est del roi sévrés.
Il vos mande par nos qu'il vos a desfiés. »
—« Seignor, ce dist Renaus, je l' me savoie assés.
Mais car alés arrière ; trèves nos i prenés. »
Et cil li respondirent : — « De folie parlés.
Mais se l'on vos assaut, très bien vos des-
[fendés.»
A iceste parole es les vos retornés.
Atant esvos Aymon où vient tot à brivés.
Quant Renaus voit son père, si est encontre alés.
Il l'en apele, com ja oïr porrés :
— « En la moie foi, sire, moult grant tort eu
[avés,
Ki à chascune fois sor nos vos enbatés.
Encor en cuid je estre de pechié encombrés. »
— « Léchières, ce dist Aymes, de folie parlés.

Ja n'aurés mais bon jor tant com vos sermonés.
Or endroit en cel bosc hermites devenés,
Refaites ces chaucies, ces maus pas estoupés,
Ce vos covient il faire, puisque vos récréés.
Vos i estes chevaliers hardis et alosés ;
Quiconques vos assaille, tres bien vos desfendés. »
— « Sire, ce dist Renaus, par mon chief! droit [avés.
Jamais de moie part n'en serés aparlés. »
Adonc a li dus Aymes ses enfans desfiés.
Il broche le destrier : es les vos assemblés,
Et Renaus a ses frères hautement escriés.
Là péussiés véoir tant ruistes cops donés,
Et tante lance fraindre, et tant escus troés.
Tant i estut Renaus, que ce fu foletés,
Que li meschiés en est de sor les siens tornés.
De .VII.C. chevaliers à armes conréés
N'en mena que .L. entre sains et navrés ;
Delés .I. montaigne s'en est fuiant tornés.
Et Aymes les enchausse, li viels chenus barbés.
Trois liues toutes plaines les ont issi menés,
Qu'il n'i ot jostes faites en costé ne en lés.
Par desous Brunevaus est Renaus arestés.
Illuec ot moult grans cops départis et donés.
Sous Aalars fu mors ses destriers séjornés ;
Li vassaus saut en piés, mais moult fu esfraés,
Et tint nue l'espée ; si est avant passés,
Et dus Aymes ses peres et à lui arestés,
Hermenfrois li vénères et li autres barnés.
Ja fust ou mors ou pris, ce est la vérités,
Quant Renaus li cortois si est avant alés,
Et Richart le gentils, et Guichart li membrés.
A tant de gent com orent conquis et ......
Mais n'avoient chevaus conquis ne recovrés,
Où Aalars péust adonc estre montés.

Par devant ses .III. freres s'en est à pié tornés ;
Li conte le desfendent as espées del lés.
Issi les a li viels Ayme une liue menés,
Que onque Aalars ne pot estre montés.
Mais tous tans vait à pié ; ce fu grans pietés.
Li garnement le chargent, dont il iert encom-
[brés.
Que vos en mentiroie? si fu las et matés,
Qu'il n'alast plus avant por l'or de .III. cités.
En milieu de ses frères s'est asis ens ès prés ;
Et quant Renaus le voit, à poi n'est forsénés.
Par delès une roche s'est li quens acoutés,
Puis dist à Aalart : — « Sire frère, montés !
Sé nos ci vos laisons, ce sera foibletés ;
Jamais en nule terre ne sera restorés. »
Cil monta sor la roche, tant s'est esvertués,
Et saut derriers le conte ; quant se fu acesmés,
Et quant Baiars se sent des .II. vassaux trossés,
Il a la teste escouse, .IIII. fois s'est molés ;
Bien près de demi pié s'est dessos eus levés ;
Adonc fu plus isniaus que devant n'iert assés.
Seignor, ce sachiés vos que ce fu vérités.
..... tout les .II. barons, dont il iert encombrés,
Et fist Renaus .IIII. jostes as chevaliers armés.

Or sunt li fil Aymon durement entrepris,
Là où Renaus torna contre ses anemis.
Ha Dex ! com fu Baiars et fors et poestis,
Quant ot les .II. barons armés et fer vestis.
Fist Renaus .IIII. jostes com bons vassaus eslis ;
A chascune lor a .I. chevaliers occis.
Esvos par la bataille Hermenfroi de Paris :
Cil iert maistres vénères au roi de Saint Denis.
Sist sor .I. cheval, qui vint de Montcénis ;
En présent fu à Karles l'emperéor tramis ;

Ne cuid k'eust meillor en trestot le païs.
Hermenfrois fu l'autrier de ceus de l'ost partis.
...or .I. message dire fu à Aymon tramis.
Il broche le destrier ; ne fu mie esbahis,
Et voit les fius Aymon ; si s'escrie à haus cris :
— « Sé m'aïst Dex, glouton, tot serés mort et [pris !
Je vos rendrai à Karles, le bon roi au fier vis. »
Va férir Renaus devant, sor l'escu bis ;
Et Renaus féri lui com hom maltalentis,
Et l'escu li perça et le hauberc treslis ;
Le cuer, qu'il ot el ventre, li a en .II. partis ;
Tant com hante li dure, l'abat mort ès larris.
Par les reines à or a le bon destrier pris.
Aalars li cortois est ès arçons saillis.
De la joie qu'il ot, vet férir Aüxis ;
Mort l'abat del cheval delès .I. plaiseis.
Cil n'en levera mais ; estre i puet à tos dis.
Moult fu fors li estors et li abatéis.
Et Aymes les enchauce, li viels chenus floris.
Il escrie à ses homes : — « Mar en ira .I. vis.
Mar mort m'ont Ermenfroi, que Karles m'ot [tramis !
Moult en iert dolans Karles, li rois de Saint [Denis. »
Li chevalier Aymon ont ses fius aquellis.
Adonc fu la bataille li estors resbaudis.
Là ot tante hante fraites et tans escus croisis,
Tant haubers jaserans desrons et desartis.
.... a regardé selonc le plaisséis,
Et voit venir Girart; tous estoit aquellis.
Il apele ses frères les hardis :
— « Je voi venir Girars, qui n'est pas nostre [amis.
Quant nos entrepréimes la mort de Loois,

C'est cil qui de la guerre fu plus amenévis.
Certes, s'il nos eschape, moult serai malbaillis.
Ja n'aurons paix à Karles pour tant que il soit
[vis. »

Seignor, ceste bataille fist forment à doter.
Ainc n'i ot parentage, quant ce vint al joster.
Là péussiés véoir tans ruistes colps doner,
Et tante hante fraindre, et tant escu troer,
Tant hauberc jaserant desrompre et desafrer,
Tant jantif chevalier morir et craventer.
Renaus fus desconfis à .I. tertre monter.
Onques ne pot des siens que .XIIII. mander.
Il se partit del champ, quant plus n'i pot ester.
Moult fu grant li meschiès, quant ce vint au
[torner.
Et Aymes est remès, qu'es prist à regreter.
— « Ahi ! mi .IIII. fil, tant vos déusse amer,
Et encontre tos homes garentir et tenser !
Or m'estuet que vos face en cest essil aler !
Qui cest plaist commença, moult en fait à blas-
[mer.
Bien en devroit diables l'ame de lui porter ! »
Dont commence dus Aymes pour ses fils à plorer.
Les mors, qui el champ ièrent, fist trestos en-
[terrer.
Hermenfroi, le dru Karles, n'i volt mie oblier:
Desor une litière le fist bien conréer;
Sor .II. mules l'a fait par devant lui porter,
Et a cueilli son erre ; si a pris à errer,
Entresi qu'à Dordon ne se volt arester.
Une nuit i séjorne por le cors reposer.
Au matin, par sos l'aube, le fist Aymes lever.
Isnellement a fait ses homes conréer;
A la bière comende .II. mules atteler.

A la voie se mettent, n'i volrent arester ;
Les terres et les plains commencent à passer,
Entre-ci k'à Paris ne volrent arester.
Aymes s'en vient au roi ses novelles conter.
Quant il vit Karles, s'el prist à apeler :
— « Sires, drois emperères, ce dist Aymes li ber,
Si suis dolens el cuer ! ne me puis conforter.
En Ardane m'estut les glotons encontrer.
Là les cuidai bien prendre et à vos amener.
Assés m'i combati, ce ne vos quier céler.
Tel damage m'ont fait, que ne puis recovrer.
Ocis m'ont Hermenfroi, qui gentils fu et ber.
Les gloutons cuidai prendre : luec l'estut compa-
[rer.
Faites une reliques devant vos aporter :
Sor sains vos jurerai que miels ne l' poi gar-
[der. »
Quant Karles l'entendi, del sens cuide derver.

—« Aymes, ce dist li rois, or ai bien entendu ?
En moult malvais endroit me sunt cist plait
[méu.
Moult sunt vo fil preudome ; mais chier le m'ont
[vendu.
Or seront à ces festes mi concile tenu.
Si prendrai mon conseil de ce fait, que là fu.
Tuit sereiés destruit, sé j'en iere créu. »
Aymer a bien li roi le respons entendu.
Forment l'en a pésé, que fu à cort venu.
Isnellement s'en torne, et avec lui si dru,
Qu'il n'a de Karles le congié atendu.
Es chevaus sunt monté ; n'i fcnt noise ne hu,
Entresi qu'à Dordon ne se sunt arestu.
Aymes descent à pié dessous le pin ramu.
Pour la parole Karles fu li viols irascu,

A poi qu'il n'ot au roi son homage rendu.
— « Sire, ce dist dame Aye (1), com vos est [avenu? »
— « Dame, ce dist li dus, mon service ai perdu.
Je forjurai mes fils por Karles le chenu.
Or ai Renaus en champ et ses homes vaincu.
Moult se deffendi bien ; onques tex ber ne fu.
Hermenfroi le féri de l'espie sor l'escu ;
Mais Renaus, mes bons fils, li ot moult tost [rendu.
A tout son ainsné frère l'ot si grand cop féru,
Que l'escu li partit, li haubers fu rompu,
Très parmi le cuer outre li mist l'espie molu,
Del cheval l'abati mort, à terre estendu.
Aallars vostre fil ot le cheval rendu. »
— « Sire ce dist la dame, i a nul retenu? »
— « Nenil, ce dist li dus, car ne plot à Jhésu !
Mais il sunt desconfit ; forment il ont perdu.
Moult malvais gerredon m'en a Karles rendu.
Par moult grand maltalent somes de cort venu;
Mais se n'iert por péchié, je l' feroie irascu. »

Or est Aymes del roi par maltalant sevrés.
Et Renaus et si frères ont les destrois passés.
En la perfonde Ardame es les vos tos entrés.
Lors ler covint sofrir les très grans povretés.
Il n'osèrent aler n'à chastiaus, n'à cités,
Ne à borc, ne à vile, n'à nule fermetés.
Menjuent venoison, c'est toute lor plantés,
Et boivent les fontaines et les ruisiaus des gués,

---

(1) Aye est la mère des quatre fils Aymon, la dame de Dordon, la duchesse des Ardennes.

Et prenent les chevreus, quant il les ont bersés.
La char gascrue et l'ewe les a tex conréés,
Qu'il n'i avoit celui ne fust tos engrotés.
Moult les a malbaillis li vens et li orés.
Que vos en mentiroie? près n'est chascuns
[fuiés.
Tot sunt mort de mesaise, n'en est .I. vis remés,
Fors seul li .IIII. frère, cil pueent mas assés,
Et seul .III. compaignons hardis et alosés;
C'est Réniers, et Guions, et Fouques li barbés.
Cist se tindrent moult bien : chascuns iert adu-
[rés.
N'ont que .IIII. chevaus : grans est la povretés.
Entr'eus. VII. n'en ont plus, tot com fu vérités.
Et cil ne vivent pas d'avaines ne de blés,
Ne de fain, qui ja fust au soleil essorés :
De fueilles, de racines vivent ; c'est lor plantés ;
Et, qui trueve feuchière, cil fu boneurés.
Li cheval en mengèrent : chascuns fu deschar-
[nés ;
Mais Baiard en fu gros, et cras, et séjornés.
Mieldres iert il de fueilles qu'autres chevaus de
[blés.
Or empires li regnés durement est gatés.
De Senlis à Orliens péust on estre alés,
Et d'illuec à Paris arrière retornés,
Et de Loon à Rains, par toutes les cités
Ne trovissiés nul home, qui de mère fust nés,
Tant parestoit Renaus crémus et redoutés.
Sovent a o ses freres les François revisdés,
Et o les .III., de cui il iert amés.
Quant il vont en besoing, li .IIII. sunt montés,
Et li .III. vont à pié, qui les ars ont portés;
Et quant il ont les ewes et les maus pas trovés,
Dont montent il tot .VII. ès chevaus désertés.

Baiard en porte .IIII., quant il est bien has-
[tés (1).
Chascuns n'est mie el bosc logiés ne através ;
Mais de faux et de chesnes est chascuns aombrés.
Lor garnemens ont tous desrons et desparés.
Tant orent as chars nues, les blans haubers
[portés,
Qu'il furent plus noir k'arremens destrempés.
Et si li plus velu que n'est .I. ours betés.
Des bons estrius à or est li cuirs desorlés,
Et li frain de lor selcs povrissent as orés.
Reines firent de hars : de ceus trovent assés;
S'en sunt lor estrivieres et lor chevaus sain-
Tant com issi lor va, sunt il bons eurés ; [glés.
Tant com il pueent traire, fu moult grant la
[plantés.
Mais li cordes porrissent; si revient li chiertés.
Tant les avoit yvers souspris et abismés,
A bien poi qu'il n'ont lor bons chevaus tués.
Onques Dex ne fist home, qui de mère soit nés,
S'il véist les barons, ne l'en préist pités.

Tant ont li fil Aymon en Ardane estéu,
Que il i ont trestot lor bon esfors perdu,
Fors que .III. chevalier, qui lor sunt remansu :
C'est Réniers, et Guion, et Fouques li chenu ;
Et cil se sunt très bien aduré et tenu.
Il n'issent cele part qu'il ne soient véu.
Maintenant lor comence et la chace et li hu.
Karles l'a comandé, bien est partout séu,

---

(1) C'est ce passage qui dut inspirer l'enseigne si populaire en Europe.

Que s'on les puet ateindre, qu'il soient tenu,
Et sé on les retient, à lui soient rendu.
Ja nus n'es garira qu'il ne soient pendu.
Par com vont en Ardane li fil Aymon tot nu.
Quant il pleut, et il vente, et il gresle menu,
Chascuns est sos .I. arbre, a son col son escu.
Lor hiaumes enroillés, et lor espie molu.
Et li cheval desferrent : li lorain sunt rompu.
Renaus a maudit l'eure qu'il vit le jor venu,
Que Loois perdi li chief de sor le bu.
Forment lor envia li yvers qui long fu.
Ha Dex! com desirroient qu'estés fust venu !

Or est estés venus : li ivers est passés.
Li soès tans les a duremant amendés.
Li cheval penrent l'erbes qu'es a esvertués.
Par ice ont lor cuers auques resvigorés.
Et Renaus a ses freres auques bel apelés,
Et Renier, et Guion, et Foucon le barbés.
— « Seignor, ce dist Renaus, sé vos plaist, en-
[tendés !
Moult avons en Ardane sofert grans povretés.
Ainc n'ot plus de mesaise nus home de mère
[nés.
N'avons arme ne drap : tos les avons usés ;
Velu somes et taint des vens et des orés.
Plus me poise de vos voir que de moi assés.
Moult avons ces forès et ces grans bosc gardés.
.VII. ans a acomplis, nen fu .I. fais portés.
Karles nostre emperère nos en doit savoir grés ;
Chascuns en devroit estre richement sodéés.
Or, li tans est venus ki tant est desirés.
Trop ont nostre anemi en lonc séjor estés.
.VIII. ans a que .I. seus n'en fu par nos grévés.

S'or avions chevaus, sor quoi fussons montés,
Or mais devroient estre traveilljés et pénés.
Par icel saint apostre, qu'on quiert en Noiron
[prés,
Ja n'en ataindrai .I. qui ne soit décolés.
Ki bon conseil saura, por Deu! me soit donés. »
— « En la moie foi, sire, dist Aalars l'aisnés,
Sé il ne vos pésoit, je dirai mes pensés.
Nos somes tant soupris des grandes povretés
Que jamais en cest sens ne serons recovrés ;
Mais faites mon conseil, sé il vos est loés :
Alons en à Dordon, ki est bone cités,
Et passons Balençon et Biaucaire d'alés ;
Si verrons nostre mère, qui por nos a plorés.
Je vos plévis très bien les moies loiautés.
Sé secors nos puet faire, ja ne nos iert véés.
Bien a passé .VII. ans que nos a désirés.
Moult devrions de li avoir grant pietés. »
— « Frère, ce dist Renaus, moult bien parlé
[avés.
Au chemin nos metons, quant il iert à vesprés. »
Quant li autre l'entendent, sés en ont merciés.
Ce fu el mois de Mai, qu'est entrés li estés,
Que li oiseillons chantent el parfont bos ramés,
Et foillissent cil bos, et verdoient cil prés :
Chaitif en autre terre sont forment très passés,
Et au main et au soir sunt sovent dementés.
Por les fius Aymon fu cist repronier trovés,
Qui issirent d'Ardane, où il ont conversés.
Moult furent de lor cors laidi et malmenés.
Il errent tote nuit, qu'il ne sunt arestés,
Et au matin s'embuschent, qu'il ne soient trovés.
Il ont tant par les nuis esploitié et errés
Que moult sunt aprochié de là où furent nés.
De Dordon ont véu le palais honorés,

Les murs d'araine bis et le bos, et le prés,
Et la bele richoise de quoi il sunt celés.
Membre lor des méseauses qu'il orent endurés.
De pitié et de duel sunt li frère pasmés.
Renaus les en redrece ; sés a réconfortés :
— « Sé m'aïst Dex, seignor, moult avons mal
[errés;
Trop somes folement en ceste terre entrés,
Car ni somes conduit ne de nul afiés,
Et s'Aymes nos puet prendre, à mort sommes
[livrés. »
Richars dist à Renaus :— « Vos dites vérités ! »
— « Par ma foi, dist Guichars, moult avés fol
[pensés !
Ja somes nos d'Ardane issu et eschapés,
Et de la grant mesaise où nos avons estés.
Noir somes et velu com ours enchaisnés :
Ja ne seromes mais conut ne ravisés.
Or chevalchons ensamble trestot asséurés.
Sé nos dedans la vile poissions estre entrés,
Ja ne se serions mais touchiés ne adesés ;
Et sé nostres juisses nos i sunt destinés,
Autressi somes nos à martire livrés. »
— « Certes, ce dist Renaus, tot m'as recon-
[fortés ! »
A icestes paroles, ont li barron errés,
Entre ci à Dordon ne se sunt arestés.
Parmi la maistre porte sunt en la vile entrés :
Mais il ni furent onques connus ne ravisés.
Moult se sunt merveillié cil qu'es ont esgardés,
Et dist li uns à l'autre : — « Cist où furent
[trovés ?
Je cuit qu'il ne sunt pas de cestuï païs nés. »
Chevalier et borgois les ont araisonés :
— « Ki estes, beles gens ? de quel païs venés?

Estes vos pénéant? en quel liu conversés? »
— « Seignor, ce dist Renaus, porquoi le de-
[mendés?
Ja véés que je sui uns hom moult mal menés. »
Lors a brochié Baiart : si s'est d'eus dessevrés;
Dusk'al maistre palais ne si est arestés.
A pié sunt descendu de sos li pin ramés;
Tous lor .IIII. chevaus ont illuec aresnés.
En la sale en montèrent par les amples dégrés.
Li palais fu lassus de sergens esnués,
Au dois se sunt assis, qu'il i ont trovés;
Ja n'en leveront mais, si i seront plorés,
Car dus Aymes, lor peres, estoit chacier alés,
Entre lui et ses homes, ses drus et ses privés,
Sergens et veneors, dont i avoit assés;
.IIII. cers avoit pris, dont moult s'est déportés.
Ne set pas que Renaus soit o lui ostelés,
N'en sa cist de Dordon, n'en son palais listés,
Richars, et Aalart, et Guichars li membrés.
Cil se siéent as tables belement lés à lés.
Mais n'est pas li mengiers ne prêt ne conréés.
Lor mère ist de la chambre; li vis fu desfermés.
Et si fil la regardent : sunt les chiés enclinés.
— « Aalars, dist Renaus, quel conseil me donés?
Véés la nostre mère : je la conois assés. »
— « Frère, dist Aalars, por Deu! car i alés.
Contés li no message et nos grans povretés. »
— « Non fera, dist Richars li preus et l'alosés.
Sire Renaus, biau frère, encor vos atendés. »

Or sunt li .IIII. frère sus el palais plénier.
Tant furent nu et povre, n'ont fil de drap
[entier.
Là sunt lait et hydeus, bien semblent aversier.
Quant la dame les voit, ni ot k'esmerveillier;

Tel páor ot éüe, ne se sot conseillier.
Mais or se rasséure; sés prent à araisnier :
— « Baron, dont iestes vos, nobile chevalier?
Bien me samblés hermites, ou gent pénéancier.
Sé vos volés del nostre, à céler ne l' vos quier,
De dras et de vitaille, dont vos avés mestier,
Je vos en ferai ja de joie apareillier,
Por amor cel Seignor qui le mond doit jugier,
Qui garisse mes fius de mort et d'encombrier.
Je n'es vi pecheresse .X. ans ot en Février ! »
— « Comment est ce donc, dame? dist Richars
[au vis fier. »
— « En la moie foi, sire, par mortel encombrier,
J'es envoiai en France, à Paris cortoier.
Charles en ot grant joie ; tot furent chevalier.
Li rois ot .I. neveu, qu'à merveilles ot chier.
Quant il vit les dansiaus alever et prisier,
Cremi que dessor lui volsissent souhaucier.
O le jeu des eschés les cuida engingnier;
Mais li valet ne l' porent sofrir ne otroier;
La teste li briserent sus él palais plénier;
De si qu'il l'orent mort, ne le volrent laissier.
Lor s'enfuit chascuns sor le corant destrier.
Awec eus en alèrent bien .$^{c}_{VII}$. chevalier.
Deseur Muese en Ardane, en .I. grant pui
[plenier,
Fermèrent .I chastél par deseur lè rochier.
Charles les fist de France déserter et chacier.
Aymes les forsjura, que ne l'osa laissier.
Li rois li fist jurer, ains qu'il venist arrier,
Que s'il les poist mais ne tenir ne baillier,
Tous les ors que Dex fist ne lor auroit mestier,
Qu'il ne lor féist tous les membres tranchier. »
Quant Renaus l'entendit, si se voit embruncier.
La duchoise l'esgarde ; si le cort areisnier.

Tous li sans de sor li commence à formoier.

La duchoise se dresse el palais en estant,
Et voit muer Renaus, sa chière et son sam-
[blant.
Il avoit une plaie en mi le vis devant.
Au bourt li fu faite, quant il estoit enfant.
Sa mère le regarde ; si le va ravisant.
— « Renaus, sé tu ce ies, que t'iroies célant,
Biaus fius ! je te conjur de Deu, le roi amant,
Que sé tu ies Renaus, di le moi erramant ? »
Quant Renaus l'entendi, si s'embroncha plorant.
La duchoise le voit ; ne le va puis dotant.
Plorant, brace levée, va baisier son enfant,
Et puis trestos les autres .C. fois de maintenant.
Il ne desissent mot por nule rien vivant.
Donques parla la dame ; si lor dist son sam-
[blant :
— « Enfant, moult iestes povre, et mesaise
[avés grant.
Donc n'avés vos o vos chevalier ne sergent ? »
— « Cil .III. compaignons, que plus n'en sunt
[vivant ;
Il nos gardent la fors chascuns .I. auferrant. »
La duchoise l'entant : s'en apele Hélinant :
— « Alés moi la défors, ces degrés avalant,
Et i prenés le cheval dam Renaus mon enfant,
Et les autres destrier ; tout ensi le commant.
En la mareschaucie les metés maintenant. »
Et cil li respondi : — « Tot à vostre comant. »
Les degrés avala del vert marbre luisant.
Entreci as barons ne se va atargant.
Il les en apela ; si lor dit en oiant :
— « Baron, alés lassus ; ne soiés délaiant.
J'enmenrai les destriers en cele estable avant. »

Et cil li respondirent : — « Tot à vostre com-
[mant. »
Il li ont délivrés ; il les enmaine atant.
Et li baron montèrent sus el palais errant.
— « Seignor, ce dist dame Aïe, bien soiés vos
[venant ! »
Et lès ses .IIII. fius les asiet en plorant.
Li mengiers fu tos prêt : moult les va semonant.
Char ont de venoison et d'oiselin volant ;
Burent vin et claret à une coupe grant.
Esvos Ayme de Dordon parmi la porte entrant !
Repairoit de chacier parmi la vile errant.
Si .II. cers orent pris à la muete corant.
Il descent au perron sos le pin verdoiant,
Et monta el palais, .I. baston paumoiant.
Si a trové ses fils à sa table séant.
Cil furent nus et povre ; n'es vait reconoisant.
La duchoisse en apele ; si li dist maintenant :
— « Dame, qui sunt cist home ? bien semblent
[pénéant. »
Dame Aye l'entendi ; si li dist en plorant :
— « Sire, ce sunt ti fil, que traveilliés as tant
Es Espaus en Ardane, où mésaise orent grant.
Or sunt venu à moi, qu'en ièrent desirant.
Esbergié sunt anuit, por Deu le roi amant !
Le matin, sen iront parsos l'aube aparant.
Ne sai sés verrai mais en trestot mon vivant ! »
Quant li dus l'entendit, tot taint de maltalent,
As ses fius se torna ; moult fist fier samblant.
Il les a apelés moult aïréément.
— « Enfant, ce dist li dus, vos soiés mal vei-
[gnant !
Que que fistes à moi ne vos sui bienweillant !
Forjuré vos ai Karles, l'emperéor poissant,
Que la guerre féistes, malvais garçons faillant.

Je ne vos pris trestos la monté d'un besant!
Ne trovés vos, convers, chevalier ne sergent,
Dont preigniés raençon ne d'or fin ne d'argent?»
— « En la moie foi, sire, ce dist Renaus l'enfant,
Sé vos marchés sunt quites par le mien essiant,
Si ne sunt pas les autres, ce vos di voirement.
Jusk'à .I. liues poés aler errant :
Ja n'i troveroit home, borgois, ne païsant,
Fors ceus qui és chastiaus se vont eschergai-
[tant.
L'autre an, ens ès Espaus me féistes mal tant!
Mon chastel abatites, dont j'ai le cuer dolant,
Entre vos et Charlon, qui le poil a ferrant;
Après me revenistes laidement enchauçant.
Tous nos desconfisistes delès .I. desrubant.
De .VII^{c}. chevalier, ne furent eschapant
Ne mais ces .III. barons, qui ci véés séant.
Por nos perdrés Jhésu, le roi de Belléant. »
Quant Aymes l'entendi, si en va sospirant.

Or sunt li .IIII. frere el palais de Dordon.
Entr'aus et lor bon pere commence la tençon.
Li viellars les a mis fièrement à raison.
— « Ou allés? cil vos confonde, qui sofri
[passion!
Que quesistes vers moi, quant bien ne vos
[feron?
Je ne vos pris tos .IIII. waillant .I esperon.
Noirs et velus vos voi; bien resamblés gaignon.
Quel guerre faites vos l'emperéor Karlon?
Ne trovés en sa terre, dont praigniés raençon,
Chevalier ne sergnt dont aiés garison?
N'estes pas chevalier! ençois estes garçon.
Ja trovés vos assés gent de religion,
Clers, et prestres, et moines de grant aaison,

Ki sunt blanc sor la coste et ont blanc le gui-
[tron.
En cler saim lor gissent li foie et li poumon,
Et si ont les chars tendres ; si ont gras le roi-
[gnon.
Mioldres sunt à menger que cisne ne poon.
Brisiés les abaïes et froisiés à bandon.
Ki del sien vos donra, si li faites pardon,
Et qui ne l' vodra faire, mar aura raençon !
Cuisiés les et mengiés en feu et en charbon.
Ja ne vos feront mal, niant plus que venison
Damedez me confonde, qui vint à passion,
Sé ençois n'es mengoie que de fain moruson !
Miodres est moine en rost que n'est car de
[mouton.
Issiés for de ma sale, widiés moi mon donjon,
Car ja n'aurés del mien vaillant .I. esperon. »
— « Sire, ce dist Renaus, vos dites que maus
Tant en avons ocis, le conte n'en savons. [hom.
Ja Damedez ne place que nos noaus façon !
A chacier nos aidiés owec le roi Karlon ;
Et si nos desertés, com soiomes larrons
Mais or avons tant fait que somes en maison.
Vos le comparrés chier, ains que nos en parton ! »

Quant Renaus li cortois ot son père parler,
De maltalent et d'ire commence à tressuer ;
Sé fust .I. autre hom, ne l' péust endurer.
Ja li fésist moult tost le chief del bu sévrer ;
Il a prise l'espée sovent à regarder :
L'une moitié en trait ; sor piés se vost lever.
Aallars le conut, quand il le vit muer.
Dessors lui se torna ; s'el prist à apeler :
— « Par amor Deu ! biau sire, tot ce laisiés
[estier !

Car au bien et au mal doit on son père amer.
Nos ne devomes mie encontre lui chasser.
S'il a fait sa folie, nos l'estuet endurer. »
—« Baron, ce dist Renaus, bien ne puis forsener,
Quant je voi ci celui, qui nous déust garder,
Et encontre tous homes maintenir et tenser,
Et au bien et au mal le bon conseil doner,
Or se torner au roi por nos deseriter ?
Et si nos chace et hue quant il nos puet trover.
Es Espaus en Ardane nos a fait moult ester.
Si nos i covint moult mésaises endurer.
Nos n'en porrions pas la moitié acouter,
Ne l' féisse de lui por les membres coper ;
Ains me laisasse ardoir et la poudre sauter.
Mais sé Jhésus me laisse de çaiens eschaper,
Ne li lairai de terre demi pié à gaster,
Por tant comme je puisse desor cheval monter,
Car bien set que pour nos se déust parjurer. »
Quant li dus l'entendi, si commence à plorer.
— « Hélas ! ce dist li dus, com or puis forsener,
Quant plus juenes de moi me puet conseil doner !
Car ja pour serrement nés déusse grever.
Sé je l'avoir déusse comme lères embler,
Si lor déusse jou départir et doner,
Et à tot mon pooir essaucier et monter. »
Puis a dist à Renaus : — « Biau fius, moult estes ber !
Ne cuid en tot le monde .I. home vostre per. »

Li dus dist à ses fils : — « Faites vostre voloir.
De l'or et de l'argent est çaiens grans plentés,
Chevaus et palefrois et destriers séjornés,
Et haubers, et vers helmes, et espies noellés,
Peliçons vairs et gris, et hermins engolés :
Assés en poés prendre, sé il vos vient en grés.

Je m'en irai là fors, ce est la vérités.
Ne weil que vostre afaires soit par moi esgardés,
Que je soie vers Karles de noiant parjurés. »

— « Sire, ce dist Renaus, je vos di bien
[por voir
Que pour vos ni venismes, ni pour le vostre
[avoir,
Mais nos poons ici nostre mère véoir,
Qui nos pleure et regrete, et au main et au soir.
Le matin en irons ; ne poons remanoir.
Ne sai sé en sa vie nos pourra mais véoir ! »
—«Renaus, ce li dist Aymes, moult ies de grant
[savoir !
Chevaliers par ses armes ne puet pas plus va-
[loir.
Quant Bertelais fu mort, tot perdis mon espoir.
Ainc devant Karlumaine ne me poi remanoir :
Il me fesist tost prendre et les membres ardoir.
Toute sa volonté li fist par estovoir.
Faire l'estut par force, blasme n'en dui avoir.
Quant vos forjurai, moult en oi le cuer noir.
Vos poés or endroit vostre mère véoir.
Ainc ne vos forjura, je le sai bien de voir.
Ele a or et argent et merveilleus avoir,
Et tant ne vos en done, quant vendra al movoir
Que vos à .I. preudome puissiés bien rema-
[noir. »

Moult fist Aymes li dus que preus et que senés :
.XX. chevaliers a pris des miex de ses privés ;
Del palais s'en issirent par les amples dégrés ;
Par la fausse poterne est el vergiés entrés.
Illuec se sunt assis desous les pins ramés,
Et la france ducoisse a ses fils apelés :
— « Enfant, ce dist la dame, ne vos asséurés !

Vostre père s'en est fort del palais alés ;
Ja n'i rentrera mais, si en serés tornés.
Mais ains serés vos tot baigniés et conréés,
Et chauciés, et vestus, et tres bien afublés.
Ja semblés vos hermites, qui de bos soit jetés. »
—« Dame, ce dist Renaus, tex est la povretés,
.VII. ans a acomplis, et si sunt tous passés,
De pieres ne de roches ne poi estre grevés.
Tant est espés li cuirs, ne pot estre entamés.
Or irons seignor querre, qui preus soit et senés. »
— « Enfant, ce dist la dame, vers Espaigne [tornés,
Que li païs est riches, manans et assazés.
Iluec troverés vos remanances assés. »
— « Dame, ce dist Renaus, si com vos coman- [dés. »
Dedans sa maistre chambre les a o lui menés.
Ele les a baigniés et très bien conréés,
Chemisse et blanche braies lor doné à grants [plantés,
Et chauces de brun paile, et solers boronés,
Et peliçons hermines, et bliaus gironés,
Et moult riches mantiaus lor a sus afublés.
La duçoisse lor a ses trésors défremés ;
D'or et d'argent lor mostre mervellose plentés.
— « Vallets, ce dist la dame, icest petit pretiés.
Sé vos n'en avés preu, je vos donrai assés. »
— « Adex, ce dist Renaus,....... fui onques [nés. »
Lor à les sodoier de la terre mandés.
Cil vindrent volentiers qui ièrent séjornés.
Cele nuit iust Renaus à Dordon la cités ;
Ançois qu'il fust jors, en i oint grant plentés,
Tant qu'il furent .$^{c}_{VII}$. as armes conréés.
Et la france duçoisse a ses fis apelés.

Ele dist à Renaus : — « Amis, or entendés.
Biax fix, laisiés Baiart : maigres est et lassés.
Si maine le ton pere, qui est de grant bonté. »
— « Dame, ce dist Renaus, qu'est ce que dit
[avés ?
El Baiart ai fiance, ki moult est alosés,
Vois asséur par france, quant jo i sui montés. »
— « Voire, ce dist la dame, richement soit
[gardés. »
A icestes paroles fust ja Renaus montés.
Atant esvos Maugis, ki preus est et sénés,
Et repairoit de France, où esté ot assés.
A la cité d'Orliens ot un tresor emblés :
Quatre somiers amaine d'or et d'argent trossés.
Il avoit oï dire, et si fu vérités,
Que li fil Aymon sont dedens Dordon entrés.
Venus est cele part; s'i est aceminés.
Parmi la maistre porte en la vile est entrés.
Renaus le vit venir ; si est encontre alés ;
Ses bras li mist au col, si l'a bien acolés.
Quatre fois le baisa par molt grant amistés.
— « Biaus nis (1), ce dist Renaus, où avés vos
[estés ?
Pieçà que ne vos vi ! moult en sui aïrés. »
— « Sire, jo vien de France, où jo ai conversés.
En la cité d'Orliens ai un trésor emblés.
Karles, nostre emperère, li avoit assamblés.
Quatre somiers en amaine d'or et d'argent tros-
[sés.
Icil vos seront ja à estrine donés. »

---

(1) Maugis d'Aigremont est le cousin germain des quatre fils Aymon. — Au lieu de *Biau nis*, ne faut-il pas lire : *Maugis ?*

—« Cosin, ce dist Renaus, Dex vos en face grés ! »
A icestes paroles sunt li baron montés.
Aymes ist del vergier, ki le cuer ot irés.
Encontre els est venus volentiers et de grés.
— « Vallet, ce dist li dus, bien vos ai regardés :
Or estes vos garnis et d'armes conréés,
Et cauciés, et vestis, et très bien afublés :
De l'or et de l'argent emportés à plentés.
Sé avés bons cevax, où vos estes montés.
Ne sai sé ja en France en sera mais parlé. »
— « Sire, ce dist Renaus, ce est en Damedé, »
A l'issir de la ville ont grant dol démené.
La ducesse se pasme sor son mul séjorné.
Chevalier et borjois ont ensamble parlé.
Or s'envont li dansiel de Dordon la cité.
Ja n'i rentreront més en trestot lor aé ;
Mais si feront encore, sé Dex l'a destiné.

Vont s'en li fil Aymon, ne s'asséurent mie ;
.VII.C. chevaliers a en la lor compaignie,
Et Maugis li cortois les enconduie et guie,
Et trespassèrent Barise ; si ont France guerpie.
Parmi les Gatinois ont lor voie acuellie.
A Orliens passent Loire : la terre est désertie.
Li fil Aymon la voient si gastie,
Entre si qu'à Poitiers ne s'asséurent mie.
Del roi Yon de Gascoigne ont la novelle oïe :
Il est preus et cortois et de grant ségnorie.
Par devers cele marce a grant mestier d'aïe.
— « Cosins, ce dist Maugis (1), ne l' lairai ne [l' vos die,

(1) Le texte porte *Mauger*. — Nous avons cru devoir substituer à ce nom celui de *Maugis*, sous lequel le fils de Beuve d'Aigremont est connu.

Li rois est molt prodom et de grant manantie.
Servés le jusk'à Paskes, une feste joïe ;
Assés tost vos sera de son regne partie.
Tel chase i poroit estre commencie et bastie,
Ne nos i pendroit Karles à nul jor de sa vie. »
— « Cosin, ce dist Renaus, ne vos en faudrons
[mie. »
Et trespassent les terres ; s'ont lor voie acoillie.
Par dela Poitiers, à une hébergerie,
Sont venu après vespres, quant nuis fu aferie.
Cele nuit i remestrent jusqu'à l'aube esclaircie ;
Si entrent en lor voie ; Dame Deu les conduie !
Entresci qu'à Bordiax ne s'atargièrent mie.
Le roi Yon i truèvent à grant cevalerie.
Au piet du pont descendent pardevant l'abéie,
Sor un peron de marbre, sor l'olive florie.
Descent li cuens Renaus à la cière hardie.

Renaus, li fix Aymon, est en Bordiaus entrés.
— « Alons nos héberger, dist Guichart li
[sénés. »
— « Cousin, ce dist Maugis, sé vos plaist, non
[ferés ;
Ains parlerons au roi, sé croire me volés,
Et sé il vos détient, Dex en soit aorés !
Et s'il ne vos retient, autre consel prendrés.
Droitement à Tolose vostre cemin tenés.
Beges li Serazin (1) est moult preus et sénés ;
Il est par droite force en cest roiaume entrés.
De la terre à cest roi a-il conquis assés,
Tolose, et Monpellier, et Saint Gille de lés,

(1) Il s'agit d'un chef sarrasin, que d'autres textes nomment *Bourgoin*.

Biaucaire et Avignon, et Albe sor les gués.
Encor conquerra plus ains k'i soit retornés.
Cele part irés vos, sé i estes arestés. »
— « Cosin, ce dist Renaus, bon consel me
[donés.
Si voloie je faire : tels estoit mes pensés.
Mais or sera il miels, puis que vos le volés. »
.L. chevaliers a Renaus apelés :
— « Baron, ce dist li quens, car vos en apres-
[tés ! »
Et cil li respondirent : — « Si com vos com-
[mandés ! »
Tost et isnelement eslevos conréés.
Cauces ont de brun pale et esperons dorés.
De mantex vairs et gris fu cascuns afublés.
Sor un destrier d'Espaigne en est Renaus mon-
Et Maugis li cortois ne s'est asséurés. [tés,
Il monta sor le noir, ki moult ert a brievés.
.L. chevaliers en a Renaus menés.
Unques ne s'arestèrent ; si virent à dégrés.
Renaus est descendus, si est à mont montés,
Richard et Aallars, et Guichard li membrés.
El palais est venus : eslevos arestés.
Li rois You de Gascoigne ert en sa cambre en-
A un consel estot, dont moult ert esgarés. [trés.
Li sénescaus le roi s'en est en piés levés,
Et a dist à Renaus : — « Biax sire, avant venés.
Vos et vos compaignons sos ce dois vos séés. »
— « Sire, ce dist Renaus, volentiers et de grés.
Mais or me dites primes où est li rois alés ? »
Et dist li sénescaus : — « Molt par temps le sar-
[rerés.
En cele cambre à rote est très hui main entrés,
Ensamble o lui ses homes, ses drus et ses pri-
[vés,

Por demander consel, car moult est esfréés.
Beges li Serazin l'a guerroié assés,
Et brisiés ses castiaus, et ses païs gastés,
Cités et abeïes, donjons et fermetés.
Or est dedens Tolose par droite force entrés. »
— « Certes, ce dist Renaus, moult parest for-
[senés. »
A tant esvos le roi ; s'est el palais entrés.
Renaus ala encontre li vassax adurés,
Et Richard, et Guichars, et Aallars l'ainsnés.
Quant Renaus vit le roi, parfond l'a enclinés,
De Deu le salua, ki en crois fu pénés.
— « Damedex vos sauv, sire, par ses sainte
[bontés ! »
— « Amis, dist li rois Yon, vos soiés honorés.
Dont estes? De quel terre? Gardés ne me célés. »
— « Sire, ce dist Renaus, moult partant le sarés.
Nos somes né d'Ardane, ja mar le mesquerés,
Fil Aymon de Dordon, ki preus est et sénés,
Ki nos a de France caciés et désertés.
Aymes nos forjura : ce est la vérités.
Or alons segnor querre, ki preus soit et sénés,
Ki encontre Karles nos retenist assés. »
— « Amis, ce dist li rois, quant compaignons
[avés? »
— « Sire, ce dist Renaus, à parmain le saverés.
Nos sommes bien .VII.C. as armes conréés,
Mais vos ne volums mie que vos nos redotés,
Car nos avons de l'or et de l'argent assés,
Ki n'iert jusqu'à .II. ans despendus ne gastés. »
Quant li roi Yon l'entent, vers tere est enclinés.
Une moult grant loée s'est li rois porpensés.
Puis apela Renaus, com ja oïr porés :
— « Vassax, retenus estes ; avec moi demorés.
Ne vos faudrai de guerre de ça. II. ans passés.

Quant de vostre tere este issus désiretés,
Bien devons estre ensamble, ce est la vérités.
De cuer vos aiderai ; ja mar le doterés.
Entresci à .II. ans accomplis et passés,
Ja n'i metrés del vostre .II. déniers monéés,
Ne ja vostre ceval nèrent plus tart ferrés. »
— « Vostre merci, biax sire, dist Renaus li
[senés. »
Au sénescal les baille : cil les a ostelés.

Or sunt li fil Aymon au roi Yon acointié.
Li baron en ont joie, et tuit en furent lié,
Mes à petit de terme en seront plus haitié.
Beges fu à Tolose : ens el demaine sié.
Moult ot le cuer joiant, car il ot gaaignié.
Entre lui et ses homes forment en furent lié.
Il les a apelés, s'a cascun araisoné :
— « Baron, ce dist li rois, li blé sunt esploitié.
Des nos anemis querre somes trop atargié :
Car cevaucons ensamble, et serré et rangié ;
A la cit de Bordiaus soions tost asségié. »
Et cil li respondirent : — « Tot à vostre congié. »
A icestes paroles, se sunt aparelié,
Et furent bien $\frac{M}{.X.}$, et serré et rangié ;
Et cevaucent ensamble ; si ont tant esploitié
Que par de sor Bordiaus se sunt tuit enbuscié.
Beges li Serazin a avant envoié
.IIII.C. chevaliers ; bien sunt aparellié.
Cil cevaucent ensamble tuit serré et rengié.
Jusque ci à Bordiax ne se sunt atargié,
Qu'il virent la vile et le demaine sié.
Devant la maistre porte ont l'estor commencié.

Ens el mestre donjon fu li estors moult fiers.
Li rois Yon s'escrie : —« Segnor baron, aidiés !

Véci paiene gent ! moult nos ont aprociés.
Sé il se vont ariere, tos serai aïriés.
Par le mien esciant ! ja mais ne serai liés. »
— « Sire, ce dist Renaus, or ne vos esmaiés.
Ja sera li estors mervellox et pleniers. »
Puis a dist à ses frères : — « Car vos aparelliés;
Faites soner bondin ; si vos en issiés. »
— « Sire, dient si frère, tot à vostre congiés. »
Il vestent les haubers, sunt les hiaumes laciés,
Et çainent les espées as pons d'or enralliés,
Et montent ès cevax, les escus embrachiés,
Puis font soner bondins : eslès apareliés.
Renaus a dit au roi : — « Ce ne vos esmaiés !
Montés vos et vostre home ; gardés ne vos targiés.
Nos en irons devant, et vos venés derriers.
Certes mar i entrèrent li cuivers rénoiés. »
— « Amis, ce dist li rois, forment me rapaiés.
Damedex vos garisse, ki en crois fu dréciés ! »
Renaus sist sor Baiart armés et haubergiés,
Et s'escria ses homes : — « Poignés ! ne vos [targiés ! »
La grant enseigne porte, dont d'or fu la moitiés,
Et l'autre de çendal ricement entalliés.
De la porte s'en ist, poignant tot eslaissiés,
Et acuellent païens ki les ont domaigiés ;
Plus de demie liue funt le cembiel caciés ;
Ultre l'agues les suient : ce fu dels et pitiés.
Li sire de Tolose ne s'est mie atargiés ;
Entre li et ses homes est moult tost desbuciés.
Sonent cor et buisines ; es les vos eslaissiés,
Renaus les voit venir ; moult en est mervelliés.
Il a dit à ses homes : — « Or ne vos esmaiés !
Car anqui serai moult alosés et proisiés,
Ou est tote ma vie honie et avilliés. »
— « Sire, dient si home, alés, ne vos targiés.

Sé bien le voiliés ferir, ja n'en estordera piés.»

Li sire de Tolose ot moult gens aünée.
Là où il desbusièrent de la selve ramée,
Sonent cor et buisines : grant joie ont demenée;
Et de lonc et de lé en tentist la valée.
Li fil Amon s'eslaissent le fons d'une valée.
A .$^{c}_{VII}$. chevalier de mainie privée.
Cascuns abat l'espie à la lance ancorée.
Li sire de Toulouse, à la cière menbrée,
Sist sor un vair destrier, à la crupe tuilée.
Ne cuid k'il ait mellor en tote la contrée,
Fors Baiart le Renaus, à la sele dorée.
Voit venir Aallars tote la randonée :
Grant cop li vait doner sor la tarje roée;
Desos la bocle d'or li a fraite et troée.
Qu'Aallars le vit, s'a la color muée.
Tost et isnelément mist la main à l'espée,
Et fiert un Tolosan, donne à li grant colée,
La teste, à tot le hiaume, fait voler en la prée.
Li Tolosans le voit; s'a la colo muée;
Son ceval li ocist o une guinée empénée.
Tot entor Aalars fu saiant assamblée;
Ja fust ou mors ou pris, sans nule recélée,
Quant Renaus li cortois vint poignant par le [prée,
Et Ricars et Guichars, sans nule demorée;
Et si lor a Maugis l'enseigne raportée.
Dont fu grant la bastaille et forte la meslée.
Tante lance i ot fraite, tante targe troée,
Et tante rice broigne déroute et dessafrée.
L'un mort verse sor l'autre en camp et en la [prée.
Li sire de Tolose n'i fist longue arestée :
Ains broce le ceval de grant esperonée,

Et vait ferir Ségart sor la targe roée ;
Desos la boucle d'or li a fraite et troée ,
La broine de son dos déroute et desafrée ;
Le pis li a trencié, li but et la corée.
Li cors gist à la terre; l'ame s'en est alée.
Allars le coisi à la cière menbrée :
— « Hélas ! ce dist li quens, com male destinée !
Com m'a cil vostre amor cièrement comparée !»
Il broce le destrier tote une randonée,
Et fiert le Tolosant sor la targe listée;
Mais ne li enpira vaillant un deniée.
A tant esvos le roi et sa gent honorée :
Mes quant il i parvint, si remest la meslée.

Li sire de Tolose fu moult preus et sénés.
Il sist el destrier vair, ki moult fu alosés.
Bien vit le remanoir n'ert pas sa séurtés :
Plus tost s'en vait fuiant que ne vait cers ramés,
Et Renaus li preus est après aceminés.
En .III. arpens de terre en ont tant trespassés,
Que li autre ne sevent kel part il sont tornés.
— « Hé Dex ! dist Aallars, ki en croist fu pénés,
Sainte Marie dame ! où est Renaus alés ? »
A tant esvos li roi ; ne s'est mie arestés.
A sa vois, k'il ot clère, s'est moult haut escriés :
— «Segnor, franc chevalier, car vos en retornés!»
— « Sire, dist Aallars, qu'est-ce que dit avés?
Perdu avons Renaus, ki preus est et sénés. »
Quant li rois l'entendi, si fu au cuer irés.
Dont vont quérant les mors, ki gisent par les
[prés.
Quant Aallars ne l' trueve, moult en est tres-
[pensés,
Detort ses blances mains , s'a ses cevex tirés ;
Et Ricars et Guichars en sunt as cris alés.

Dont en li dolx jamais tels ne verrés.
— « Hélas dist Aalars, maus fu consel donés,
Quant iessi de mon regne, povre désiretés,
Avec le melor home ki de mère fust nés.
Chaitif or l'ai perdu : al cuer en sui irés ! »
Lor soupire Guichars, et Richard est pasmés.
— « Seignor, ce dist li rois, por coi vos des-
[mentés ?
Bien vos devés targier quant vos pas ne l' tro-
[vés,
Et sé li cues est pris, moult bien le raverés,
Car nos avons de l'or et de l'argent assés.
Je ne cuide pas que Beggue soit si osés
Que, s'il a pris Renaus, par lui soit vergondé. »
— « Sire, dist Aallars, qu'est ce que dit avés ?
Alons querre Renaus, tant qu'il soit trovés. »
Et respondit li rois : — « Si com vos com-
[mandés. »
A icestes paroles, es les aceminés.
Or dirons de Renaus, ki s'en estoit tornés,
Après le Sarazin corant tos abrievés.
Moult le vait en sautant par les tertres quarrés ;
Au parmonter d'un pui, s'est Renaus escriés :
— « Car torne, Sarazin, tes cevax est lassés !
Se tu muers en fuiant, molt mal fu raboutés ! »
Li Sarrazin l'oït ; si est vers lui tornés,
Et Renaus le feri ; ne s'est mie arestés.
Devant en son escu, ki est à or bendés,
Moult fu fors li haubers, quant il n'est desafrés,
Et li païens vassaux, quant il n'est craventés.
Renaus l'empoira par force, ki moult est adurés.
Li espiels par le poing estoit au fer colés.
Li Sarazin le voit ; moult est espoentés.
Il guencist le destrier, ki estoit pannelés.
Jà ert grant la bataille des vassaus adurés.

Li sire de Tolose fu chevalier prisiés ;
Il a dit à Renaus : — « Vassal, car me laissiés !
Alés en à Bordiax ; gardés ne vos atargiés.
Moult sera grant damage, sé Baiart perdiés.
Jamais par vostre roi si bon ne raveriés. »
— « Par mon cief! dist Renaus, de folie plaidiés.
Quant de moi partirois, jamais ne serois liés. »
Lors a brocié Baiart des esperons des piés.
Et li Turs son ceval ne s'est mie atargiés.
Grans cops se vont doner ès escus de quar-
[tiés.
Li espiels au païen est frais et peçoiés ;
Et li Renaus fu frais, ferrés et bien liés.
Le païen a feru, k'il li tot les estriés ;
Renaus l'empairit par force, et cil est trébu-
[ciés.
Li païens s'esvertue et est sallis en piés,
Puis a traite l'espée, com hom ki fu iriés ;
Sor son cief mist l'escu, et tot s'est avanciés.

Quant Renaus l'a véu, à sa vois a hucié :
— « Certes, ce dist Renaus, ja ne m'ert repro-
[cié
Qu'à ceval me combate, et vos soiés à pié. »
Il descent à la terre ; si a Baiart laissié,
Puis a traite l'espée al pont d'or entaillié,
L'escu par les enarmes a sor son cief dréciét.
Grans cos se vont doner ; ne se sunt espar-
[nié.
Li païens a amont le fort escu dréciét,
Et Renaus i feri, que parmi l'a trencié.
Quant li païens le vit, forment est esmaié.
Li vairs destrier d'Espaigne, quant se senti lé-
[gier,
Il entre ens es galos : si a tant esploitié

Qu'il a un grant tertre de devant lui paié.
Et quant Baiart le voit, moult a le cuer irié.
Après le vair s'eslaisse; eslevos aproicié;
Au parmonter d'un tertre a si bien esploitié,
Qu'il li vint devant, si l'a tant aproismié,
K'il le prist par le crin, si l'a vers lui sacié.
Tant a Baiart le vair tiré et anguisié,
Tote lor ambleure sunt el camp repairié,
Là où cil se combatent, ki moult ont travellié.
Baiars a si le vair destraint et anguisié,
K'il ne fiert, ne ne mort, ne ne jete des pié.

. . . .

Reinaus, li fils Aymon, a l'escu acolé,
Et tint en son poing destre le bon brant acéré.
Vers le païen se trait; grant cop li a doné,
Ce ki tuit de l'escu li a del cor sévré;
.C. mailles li abat del buen hauberc safré.
Li Sarazin le voit; s'a le cuer esfréé.
Bien set s'autre récuevre, ja l'a à mor jeté.
Un poi se trait arière; s'a Renaus apelé :
— « Vassaus, donés moi trives par la vostre bonté !
Venés en avec moi, jo vos jure féauté,
Que la moitié vos doins de tote m'irété.
Assés porons conquerre, sé nos soms ajosté. »
— « Certes, ce dist Renaus, ja ne sera pensé.
Je suis remès au roi, ki moult m'a honoré.
Sé je ne vos i rend, il m'en sauera maugré. »
Et dist li Sarrazin : — A vostre volenté !
Voluntiers m'i rendrai, sé jou ai séurté,
Que jou ni soie ocis et menés à vilté. »
— « Certes, ce dist Renaus, ja ne sera pensé. »
S'espée li rendi au pont d'or esmeré,
Et Renaus l'a réçu ; si l'a asséuré.
Puis li rend son ceval par le caufrain doré,

Et li païens i monte par l'estrier noelé.
Arière s'en repaire tot le cemin feré.
A l'avalier d'un tertre ont le roi encontré.
Le prison li rendi, dont il li sot bon gré.
Et Richard, et Guichars ont grant joie mené.
Allars vint encontre ; si l'a bien acolé.
— « Frère dist Aallars, Dex vos croisse bonté !
Bénéoite la mère, ki tel fil a porté ! »
A icestes parole, se sunt acеminé.
Lor esciec enremainent, k'il orent conquesté.
Li rois Yon (1) est venus à Bordiax, sa cité,
Et descent au peron dessos le pin ramé,
Et montent les degrés de vert marbre listé.
Et Renaus et Guichars en a o lui mené,
Et Richard (2) le cortois, et Aallars (3) l'ainé.
As fenestres de marbre se sunt tot acosté.
Li rois les aime moult et tient en grant cierté.
Il ont auques de droit, car servi l'ont à gré.
Bien li ont acquité auques de son regné.
La suer le roi Yon a Gautier apelé ;
Tost et isnelement si li a demandé :
— « Comment ont fait? noiant ne me soit [parcelé !
Li quels en ont le pris, par vostre loiauté? »
— « Et je le vos dirai volentier et de gré :
Renaus, li fix Aymon, au corage molé,
A retenu Begon et si l'a amené. »
La puciele cortoise en a Deu mercié.

---

(1) Nous avons adopté ce nom, qui est celui admis par la tradition ; mais le texte porte quelquefois : *Yve* et *Yus*.

(2) Le texte du manuscrit porte parfois *Richier*.

(3) Le manuscrit donne à ce nom diverses orthographes : on y lit tantôt *Alars*, tantot *Aallars*.

Li rois Yon de Gascogne a Renaus apelé,
Et Richard, et Guichars, et Aallars l'ainé :
— « Barons, que là ferons? que avés en pensé?
Moult est grant li escies que avons conquesté.
Beges li Sarazin m'a forment agrevé ;
Ma terre a esselié, et mon païs gasté.
Par saint Pierre, l'apostre, qu'on querre en [Noiron pré!
Je n'en prendroie mie plain .I. val d'or comblé,
Que je ne le faice pendre : ja ne n'ert trestorné.
— « Sire, ce dist Renaus, ce n'ert ja par mon [gré,
Car je li ai par foi loiaument afié
Que ja n'auera le cors honi ne vergondé,
Et je li tendrai bien, s'il vos plait, vérité.
En vos chartre soit mis, quant il soit à vespré,
A mangier et à boire ait laens à plenté.
S'en prenés raençon à vostre volenté.
Son ceval sera miens ; je l'ai Richard doné. »
— « Certes, ce dist li rois, moult avés bien [parlé,
Et je ferai issi tote vos volenté. »
Et li roi et li prince ont grant joie mené.
Ens ès fons de la chartre ont Begon avalé ;
Plus d'un mois et demie a là dedens été.

Or orent à Bordax grant joie et grand baudor
De la desconfitur, dont Dex lor fist honor.
Communaument li dient li grant et li menor,
Ainc mais n'avint tel cose à fil d'emperéor.
Baiart prist le ceval à Renaus le segnor.
Li rois Yon de Gascoigne le fist metre en sa cor.
Et Beges l'apela, si li dist par amor :
—« Et car nos acordomes, sé li faites honor.
De trestot mon barnaige avés ici la flor,
Et somiers vos donrai, ki tot sont ambléor,

Cargiés d'or et d'argent, ains hom ne vit mellor. »
— « Volentiers, dis li rois, par Deu le créator ! »
Li baron s'acordèrent à l'entrer de Pascor.

A l'entrer de Pascor sunt li prince acordé :
Beges li Sarrazin a ostages livré.
Li rois Yon de Gascogne li a congié donné,
Et li bers s'entorna ; si a o lui mené
.C. de ses chevaliers, del miés de son barné.
Entresi q'à Tolose ne sunt aresté.
Il a pris .X. somiers ki furent séjorné ;
De fin or et d'argent a bien cascun trossé.
Li rois les envoia à Bordiax le cité,
Et li bers les reçut volentier et de gré.
Ne nient retint à soi, mais tot en a doné.
Mais de ce fist Renaus, qui moult a grant no-
[blété ;
N'onques n'en volt prendre .II. denier moneé.
Ains a servi le roi, qui l' tint en grant cierté.
Ce fut el mois de Mai, à l'entrée d'esté,
Que florissent li bois et raverdissent pré,
Et cils oisels cantoient parmi le bois ramé ;
Et Renaus et si frere sunt par matin levé.
En la forest d'Ardene en sunt cascun alé,
Et cers i ont pris ; moult se sunt déporté.
Ains ont pris lor repaire parmi le bos ramé.
Vers l'eve de Garone se sunt aceminé,
Si qu'il virent le floc dedens Gironde entré.
El regoit de .II. eves ont un liu esgardé,
Une montaigne haute et un tertre quarré.
De sor est grant et haute ; car il i ont monté.
Quant Aallars le voit, s'a son ceval tiré ;
Il apela ses frères, et si lor a mostré :
— « Baron, dist Aallars, dirai vos verité :

Véés cele montaigne de sos cel, pui ramé,
Di qui bien que jadis, i ot castiel fermé ;
Sé en i aroit un et drécié et levé,
Ne nos i prendroit Karles en trestot son aé.
Sé nos me volés croire, au roi ert demandé,
Et sé il le nos done, si faison fermeté. »
Et cil li respondirent : — « A vostre volenté ! »
A icele parolé, se sont acheminé.
Venu sunt à Gironde : si sont oltre passé.
De la ci à Bordiax ne se sunt aresté.
Emmi la maistre porte sunt en la vile entré.
En lor ostes descendent ; ès palais sunt monté.
Li rois ala encontre, qu'il tint en grant ierté.
De la venison fraiche lor a séu bon gré.
Venus est Renaus ; si l'a moult acolé ;
Une fois le baisa par moult grant amisté.
Cele nuit furent moult servit et honoré.
Quant vint après manger, si à Renaus parlé :
— « Sire, ce dist Renaus, à vos avons esté.
Si vos avons servi à vostre volenté,
Vos ne nos avés gaiies ne promis, ne doné. »
— « Ains, ce dist li rois, moult m'avés honoré.
Tant remaudrés à moi, que i avrés esgardé,
Ou castel, ou manoir, ki vos sera à gré. »
Quant Renaus l'entendi, si l'en a mercié.
— « Si je vos remercie, quant le m'arrés doné,
Certes si longue atente si m'aura trop grevé.
Et regot de ces eves ai J. liu esgardé,
Une montaigne haute, vielle dantiquité :
Se uns seul de mes frères i avoie estelé,
Tos jors mais en seroie à greignor séurté,
Car de moult poi de cose est on moult amendé. »
— « Amis, je vos otroie par bone volonté ;
.X. marcs auera de rente cascun jor ajorné. »
— « Sire, ce dist Renaus, Dex vos en face gré ! »

Le don en a reçut : le roi a mercié.
Cele nuit, jut Renaus el palais segnoré.

Cele nuit, jut Renaus ens el palais plenier.
Au matin fist le roi et lever et caucier.
Bien sont en sa compaigne .XX. chevalier.
Lor palefrois tornèrent de sos .I. pin ramier,
Et passèrent Gieronde à .I. batiel légier.
Traversèrent la montaigne et .I. grant pui ple-
[nier ,
Desi qu'en sor la roce ne se voldrent targier.
Quant li rois vint la sus, com i ot que mervel-
[lier.
A conseil en apele un son dru, Manesier.
Cil li prist à l'oraille soès à conselier :
— « En la moie foi, moult sui près d'esmaier !
Ains mais si grant folie ne vos vis commencier ,
Que ces estranges home volés ci hébergier !
Si puent le castiel et lever et drécier ,
N'en auera .I. si forst de si à Montpellier !
De tote vostre terre auera-il dangier. »
Quant li rois l'entendi, prist soi à embroncier
Por poi que le castiel ne lor a fait laissier ;
Mais il se porpensa, si dist .I. mot moult fier,
Et apele Renaus à loi de chevalier :
— « Amis, dist li rois Yon, volés ci hebergier? »
— « Oil, ce dist Renaus, à céler ne vos quier. »
— « Or donc, ce dist li rois, pensés de l'es-
[ploitier.
Si poés le castiel fermer et ostaier ,
Il n'auera .I. mellor de si à Monpellier :
De par tote ma terre pora avoir dangier.
Mais ce ne cuid jo mie que voelliés guerroier. »
— « Sire, ce dist Renaus, si fait plaid n'a mes-
[tier :

Car, par se saint apostle, que querrent cheva-
[lier,
Il n'i a en Gascoigne nés .I. baron tant chier,
Sé il vos forfaisoit valissant .I. dénier,
Que jamais éust pais au lever n'au couchier,
Portant que je péusse mes esperons chaucier,
Ne porter mon hauberc, ne monter sor des-
[trier. »
— « Alés donc ! dist li rois, faites com chevalier. »
Ja ne l' laira por home, ki puist desconselier.

Reinaus, li fils Aymon, ne se tarja noiant,
Mais de son castiel faire se hasta durement.
Le palais et la sale fisent premièrement,
A chambres, et à votes, et à rice ciment,
Et li mur de la vile à riche fondement.
.IIII. portes i ot faites avenaument,
Et une tor de marbre droite contre le vent.
Sus en la maistre roche, ki contre val descent,
Illuec furent fait le plus haut chisement.
Quant li castiaus fu fait, et la tor bien séant,
Dam Renaus et si frère en furent moult joiant.
Li rois l'ala véoir à escarie gent ;
Et Renaus vait encontre en son enforcement.
Al fenestres de marbre s'ala séoir al vent :
S'a véu le castiel de grant aésement,
De l'ève clère et douce, ki luec cort radement,
Et del rice boscage, ki i est ensément,
Et des grant praéries par devers orient.
Il apela Renaus ; si li dist en riant :
— « Com a nom cis castiaux ? ne me celés
[noiant. »
— « Sire, ce dist Renaus, encore ne sai com-
[ment.
Je vings ici aubains je et tote ma gent.

Or li metrai le nom tot à vostre talent. »
— « Certes, ce dist li rois, moult parait ce liu
[gent !
Mont Alban ara nom, ké sor la roche pend. »
Il le fisent savoir au pueple et à la gent,
Qu'au nouviel castiel prengnent hébergement.
Ses cens et ses costumes li paient bonement.
Entresci à .VII. ans ja n'en prendra noiant.
.V.C. borgois i vinrent de grant aésement,
Et pueplent le castiel maitre communaument,

Or est Montalban fais li castiaus et la tor (1)...

---

(1) *Renaud d'Ardenne* devient alors *Renaud de Montauban*. Nous ne suivrons plus un récit qui n'intéresse plus notre province. Sans doute, au roman primitif et ardennais, il y avait un dénouement ; mais comment le retrouver au milieu des vingt et quelques mille vers consacrés par les trouvères à cette interminable histoire ? Que le lecteur se rassure ! le besoin s'étant généralement fait sentir, en France, de connaître le texte complet de toutes nos chansons de chevalerie, le gouvernement s'est chargé de satisfaire à ce désir si naturel du public. Le *Roman* entier *des quatre fils Aymon* aura son tour. Nous attendrons son apparition pour publier nos notes sur cette populaire épopée, et nos observations sur la notice que lui consacre le tome XXII de l'*Histoire littéraire de la France*.

FIN.

TABLE.

Pages

Reims, Imprimerie de P. DUBOIS, rue de l'Arbalète, 9

www.ingramcontent.com/pod-product-compliance
Ingram Content Group UK Ltd.
Pitfield, Milton Keynes, MK11 3LW, UK
UKHW031855260826
14628UKWH00002B/796

9 782019 320058